Frank-Markus Barwasser

Erwin Pelzig – Was wär' ich ohne mich?

Frank-Markus Barwasser

Erwin Pelzig

Was wär' ich ohne mich?

Mit 36 Schwarzweiß-Fotos
von Peter Frese

Piper
München Zürich

ISBN 3-492-04503-0

Fotografie: Peter Frese, München
Gesamtherstellung: Kösel, Kempten
Printed in Germany

www.piper.de

Eine erfundene Person ist viel lebendiger als ein Mensch, denn sie ist nicht den Gesetzen der vulgären Wahrheit unterworfen, sondern ausschließlich den Gesetzen der Wirklichkeit. Der vom Stolz getriebene Mensch substituiert dem Leben eine falsche Wirklichkeit. Die erfundene Person ist vielleicht weniger wahr, aber viel mehr wirklich.

Luigi Pirandello

Familiensachen.
Ein Vorwort

Erwin Pelzig kam zu Beginn der 90er Jahre zur Welt. Ich kann nicht behaupten, er sei ein geplantes Kind gewesen. Aber er war auch kein unerwünschtes Kind. Eigentlich kam er nicht als Kind zur Welt, sondern als erwachsener Mensch. Seitdem ist es mit ihm nicht immer ganz leicht gewesen, denn manche Unarten seiner frühen Jahre mußte ich ihm erst austreiben. Seine Neigung, durch die falschen Rückschlüsse zum richtigen Ergebnis zu gelangen oder durch die richtigen Rückschlüsse beim falschen Ergebnis zu landen, ist ihm bis heute geblieben. Das Reizvolle für den Erfinder erfundener Personen ist es, daß er scheinbar nach Belieben darüber entscheiden kann, wie sich sein Geschöpf entwickelt und wohin es zu gehen hat. Erfundene Menschen widersprechen nicht. Sie fügen sich brav ihrem Schicksal. Erfundene Menschen sind zu bedauern, sie leben in einer hoffnungslosen Abhängigkeit von ihrem Erzeuger und sind willenlose Werkzeuge.

Aber ist das wirklich so?

Ich bin mir inzwischen nicht mehr ganz sicher. Nach vielen Jahren mit Erwin Pelzig beginne ich mich nicht nur zu fragen, ob ich ihn immer gut behandelt habe. Ich frage mich auch, ob immer nur ich es bin, der das fragt. Oder fragt mich Erwin Pelzig?

Ist es womöglich so, daß erfundene Personen irgendwann die fiktive Welt verlassen und sich im wirklichen Leben breitmachen? Vielleicht können ja erfundene Personen allein durch ihre Wahrnehmung Dritter wirklich werden. Es gibt Serien-Schauspieler, die Drogendealer spielen mußten und die von erbosten Zuschauern auf der Straße verprügelt worden sind. Was für ein Kompliment.

Aber selbst wenn erfundene Personen dadurch wirklich werden, daß sie für wirklich gehalten werden, so verfügen sie dennoch nicht über ein eigenes Ich und können ihrem Erfinder somit auch keinen Kummer bereiten. So dachte ich jedenfalls immer. Auch da bin ich mir mittlerweile unsicher.

Vor einiger Zeit erhielt ich eine E-mail aus den USA von einer Mrs. Pelzig, die wissen wollte, ob es ein Verwandtschaftsverhältnis gebe zwischen ihr und Erwin, und daß es doch sehr schön wäre, wenn man sich gelegentlich kennenlernen würde. Zunächst lachte ich noch bei dem Gedanken, Erwin Pelzig zu einem Familientreffen in die USA zu schicken, wo tatsächlich viele Menschen leben, die so heißen. Aber dann, während einer nächtlichen Heimfahrt nach einer Vorstellung, passierte es. Erwin Pelzig meldete sich zu Wort. Nicht, daß ich mich in einem schizophrenen Dialog mit mir selbst befunden hätte. Es handelte sich vielmehr um ein diffuses Schuldgefühl, welches Pelzig in mir auslöste durch eine Frage, die nicht ich stellte, sondern die aus ihm herausbrach: Warum er nicht in die USA reisen dürfe, und überhaupt sei es nicht gerecht, daß ich ihn so alleine in die Welt gestellt habe – und das auch noch in dieser unmöglichen Bekleidung. Aber schlimmer noch: Privates Glück, die große Liebe und eine eigene Familie seien ihm ebenfalls von mir vorenthalten worden. Auch könne er immer nur von seiner Kindheit und Jugend erzählen, ohne sie selbst erlebt zu haben. Ich antwortete ihm, andere hätten zwar eine Kindheit und Jugend erlebt, könnten aber heute so gut wie nichts darüber berichten, und daß es doch besser sei, Erinnerungen an etwas zu haben, was man nicht erlebt hat, als etwas erlebt zu haben und sich nicht mehr erinnern zu können. Das hat ihn ein wenig beruhigt, obwohl ich nicht davon überzeugt bin, daß er mich verstanden hat.

Den Vorwurf, Pelzig sei ganz alleine in der Welt, will ich nicht gelten lassen. Ich habe ihm ja zwei Begleiter zur Seite gestellt: Hartmut und Herrn Dr. Göbel. Aber ich fürchte, auch diese beiden sind mit ihrem Schicksal oft unzufrieden, denn sie beginnen gegen mich aufzubegehren und mir das Bewußtsein ihres eigenen Ichs um die Ohren zu hauen: Herr Dr. Göbel macht mir neuerdings Vorwürfe, daß ich ihn in die ständige Gesellschaft von Erwin Pelzig und Hartmut hineinschreibe. In seinem Bekanntenkreis gebe es nun wirklich interessantere Persönlichkeiten. Und das Amt als Schriftführer des Vereins für zeitgenössische Kirchenbestuhlung hätte er am liebsten auch schon längst niedergelegt, dann könne er endlich mehr Zeit mit seiner Frau

Irmel verbringen – wenn ich es nur zuließe. Sogar Hartmut beginnt, eigene Vorstellungen vom Leben zu entwickeln. Unlängst behauptete er, er sei kulturell interessiert und könne sogar Geige spielen. Und er wolle endlich einen Schulabschluß nachholen.

Was kommt da auf mich zu? Habe ich alles noch im Griff?

Ich habe bereits in Erwägung gezogen, einen Arzt aufzusuchen. Aber wir vier konnten uns nicht einigen, wer für so einen Fall geeignet sei.

Es ist an der Zeit, daß ich mich wieder durchsetze. Die Reise in die USA wird Pelzig nicht antreten. Ich werde fahren und seine Familie besuchen. Erwin will ich davon lieber nichts erzählen, und ich möchte die Leserinnen und Leser bitten, das ebenso für sich zu behalten. Er wäre enttäuscht und würde es mir übelnehmen. Ins Grübeln komme ich nur, wenn ich mir überlege, was die drei machen werden, während ich weg bin. Es würde mich nicht wundern, wenn sie einfach ohne mich losziehen.

Frank-Markus Barwasser, März 2003

Was wär' ich ohne mich?

Wissen Sie, was für mich das Wichtigste im 20. Jahrhundert gewesen ist? Das Wichtigste war für mich im Grund meine Geburt. Weil meine Geburt ist der einzige Event, wo ich wirklich jeden Tag was von hab!

Ich freu mich, daß es mich gibt. Ich wach oft auf am Morgen und denk, Mensch Pelzig, alte Hütte, dich gibt's ja immer noch. Und dann freu ich mich so, daß ich dalieg. Und net ein Fremder. In meinem Bett!

Ich sag immer: Was wär ich ohne mich? Ich wär ja nix. Ich wär ja nicht nur nix, ich wär ja überhaupt nix.

Und wäre ich nicht geboren worden, dann hätte jetzt vielleicht ein anderer dieses Buch geschrieben, und der hätte ein Zeug geschrieben, das Sie vielleicht gar nicht lesen wollten, und Sie würden denken: Warum ist der Erwin Pelzig nicht geboren worden? Ich geb aber zu: Das könnten Sie ja gar nicht denken, weil Sie ja nicht wüßten, was ich denken tät, wenn's mich nicht geben tät. Insofern ist es doch gut, daß es mich gibt, weil Sie so wissen, was ich alles nicht denken könnt, wenn ich nicht da wär.

Und wissen Sie, worauf ich stolz bin? Es gibt nämlich nicht viel, worauf ich stolz bin, aber auf manche Sachen schon. Zum Beispiel auf meine Ge-

burt. Das ist das einzige Mal gewesen, wo ich mich wirklich gegen meine Mutter durchgesetzt hab. Ich war ja kein erwünschtes Kind. Als ich geboren wurde, hat mich der Arzt hochgehoben und mir eine gebatscht. Aus medizinischen Gründen. Meine Mutter hat dann aber auch noch mal zugeschlagen. Aus persönlichen Gründen. Und wissen Sie, worauf ich noch stolz bin? Das ist sozusagen mein Lebenswerk und meine Lebensleistung: Ich, Erwin Pelzig, ich hab die Atombombe nicht erfunden. Da bin ich stolz drauf, weil das kann nicht jeder von sich sagen, sonst gäb's das Atombömbli nicht. Ich hab sie nicht erfunden – das kann ich jederzeit beweisen! Und ich habe ja noch viel mehr nicht gemacht: kein Giftgas, keine Landminen. Vielleicht gibt's später mal eine Tafel an meinen Haus, wo draufsteht: »Hier lebte Erwin Pelzig, und er entdeckte nichts.« Ich erinnere mich noch an manchen Abend im 20. Jahrhundert. Während andere in ihren Labors umeinandergeforscht haben, saß ich daheim und hab einfach nix getan. Es gab Abende im 20. Jahrhundert, da hab ich noch nicht mal einen Hund überfahren. Es gibt ja Leut, die sagen, ich hab keine Zeit zum Nixtun, ich muß schaffen. Bei mir ist das genau umgekehrt. Ich hab gar keine Zeit zum Schaffen, weil ich muß ja so oft nix tun. Wenn alle Menschen nix tun würden, dann gäb's nie mehr Stau. Und wahrscheinlich auch gar keine Überbevölkerung. Und überhaupt, wenn alle Menschen nix tun würden, gäb's nie mehr Krieg. Drum rate ich Ihnen für unser neues Jahrtausend: Machen Sie das gleiche wie ich, einfach nix.

Schicksals Knötli

Am Abend bevor der Kennedy erschossen worden ist, da hat's ja bei uns gestürmt, und ich hör meine Mutter noch sagen: Guck hi, es stürmt! Mein Vater ist dann ans Wohnzimmerfenster gegangen und hat nachgeschaut und gesagt: Tatsächlich, die Mutter lügt nicht, es stürmt! Ich bin dann noch mal ans Küchenfenster gegangen, hab nachgeschaut und gesagt: Ja, da auch! Da hat man sich zunächst mal noch gar nix gedacht. Ich hör noch meine Mutter sagen: Na, da fahren wir morgen wohl mal besser in den Garten raus. Am nächsten Tag sind wir also los. Interessant ist: Wie wir losgefahren sind, da hat Kennedy noch gelebt. Wir sind dann nichtsahnend im Garten angekommen und haben gleich gesehen: Die Dachpappe ist locker, und drei Tontöpf sind hin. Kennedy aber noch nicht. Das ist bewiesen. Dann ist mein Vater aufs Dach nauf, und ich hör meine Mutter noch sagen: Nimm den Handschuh. Depp! Mein Vater also nauf aufs Dach, ich hör ihn noch nageln. Und auf einmal fallen drei Schüsse. In Dallas. Und kurz drauf war das Dach fest und Kennedy tot. Mein Vater ist dann vom Dach runter. Hat natürlich keine Ahnung gehabt, was in der Zwischenzeit passiert war. Am Abend dann im Fernsehen, da erst haben wir das Drama mitbekommen. Wir haben ja den Kennedy noch in Schwarzweiß von uns gehen sehen. Das war alles sehr bedrückend. Wir wären ja normalerweise gar nicht in den Garten nausgefahren. Im Winter waren wir nämlich nie im Garten. Fast nie. Als sie den John Lennon erschossen haben, da waren wir auch im Garten. John Lennon war für mich ein Frostschaden. Aber Kennedy? Es hatte gestürmt. Da hatte man sich noch gar nix denken können, aber hernach ist man immer gescheiter. Hernach ist uns dann auch einiges aufgefallen: zum Beispiel beim Ungarn-Aufstand, war's da nicht auch windig? Da fragt man sich schon, könnte der Kennedy noch leben, wären wir nicht in den Garten gefahren? Was weiß man, wie das Schicksal die Knötli knüpft. Als die Queen Elisabeth zum ersten Mal in Deutschland gewesen ist, da waren wir nicht im Garten. Prompt ist ihr nix passiert.

Generervte Frösche

Ich hab oft Weltschmerz, aber man darf solche Gedanken gar nicht erst so zulassen. Ich schau mir dann immer schöne Filme an, so a weng heile Welt. Warum denn nicht, das braucht der Mensch. Andere machen es anders. Andere werden religiös. Der Doktor Göbel zum Beispiel, ist immer ganz religiös, wenn's brennt. So ein richtiger Krisen-Christ. Damals, nach dem Attentat vom 11. September, hab ich ihn vor seinem Haus stehen sehen. Total verzweifelt und mit einem Teelicht in der Hand. Frag ich ihn: Was machen Sie denn da? Sagt er: Ich bin eine Lichterkette! Ich hab dann noch gesagt: Herr Doktor Göbel, jetzt nehmen Sie wenigstens zwei Teelichter, und stellen Sie sich nicht in die pralle Sonne rein, man sieht ja nix.

Für mich wär sowas nix. Wenn die Welt wirklich mal untergeht irgendwann, werd ich lieber ins Kino gehen. Wissen Sie, was ich mich oft frage? Wenn mal ganz überraschend der Weltuntergang käm, was zieht man da an?

Ich träum so oft davon, daß die Welt gut wäre. Überlegen Sie mal: Wenn die Welt gut wär und alle Menschen wären ehrlich, dann bräuchten wir zum Beispiel keine Straßenbahnkontrolleure mehr. Die könnten dann was Sinnvolles tun und könnten dann, was weiß ich, beim Bund Naturschutz Fröschli schleppen. Oder was wird aus den Kaufhausdetektiven, wenn keiner mehr klaut? Die könnten dann mit den Kontrolleuren beim Bund Naturschutz Fröschli schleppen. Das wäre doch schön. Dann bräuchten wir auch keine Polizisten mehr und keine Soldaten. Es gibt 28 Millionen Soldaten auf der Welt. Die wären alle überflüssig. Die könnten alle mit den Kontrolleuren beim Bund Naturschutz, naja, da müßte man dann mal prüfen, ob die Fröschli reichen. Weil wenn dann noch die ganzen Arbeiter aus der Waffenindustrie dazukommen! Und die Kirchen bräuchte auch keiner mehr. Die Welt wär gut, das Planziel wär erreicht. Das wird eng mit den Fröschli.

Man könnte natürlich sagen: Die eine Hälfte der Welt züchtet Frösche, die andere trägt sie. Jedenfalls müssen Sie zugeben: In einer guten Welt wird verdammt viel Personal freigesetzt. Und auf alle Fälle ist eine gute Welt eine Welt voller genervter Fröschli, weil die auch kurze Strecken nicht mehr zu Fuß gehen dürften. Und außerdem ist eine gute Welt eine Welt ohne gutes Gewissen. Weil es gibt kein gutes Gewissen ohne ein schlechtes Gewissen, aber wie wollen Sie ein schlechtes Gewissen haben, wenn Sie gut sind? Das ist der Unterschied zu unserer Welt. Wir müssen immer ein Gewissen haben, weil wir uns ständig entscheiden müssen zwischen Gut und Bös. Das macht es so anstrengend, ein Mensch zu sein. Weil was ist schon gut, was ist schon bös? Für die Bösen sind wir ja die Bösen.

Dabei sind wir die Guten, aber das wissen die Bösen nicht, weil die Bösen meinen, sie wären die Guten.

In einer guten Welt sind alle gut. Oder alle bös. Weil wenn alle bös sind, ist ja alles wieder gut. In der Tierwelt ist das ganz anders. Da gibt's überhaupt keine Guten oder Bösen. Ich wäre manchmal gern ein Viech. Also nicht gerad eine Batteriehenne. Aber ich wär zum Beispiel manchmal gerne ein Krokodil. Das hat's so einfach. Das hängt einfach nur im Fluß rum und wartet auf Beute. Und dann kommt irgendwann so eine Zebramutter mit dem Zebrakind, und die wollen jetzt da nüber. Und das Krokodil sieht das und denkt sich ... also, es denkt sich eben nix. Es denkt sich maximal: Mahlzeit! Jetzt geht die Zebramutter mit ihrem Kind ins Wasser rein, und sie schwimmen los. Das Zebrakind ist natürlich noch a weng langsam. Die Zebramutter dreht sich auch immer wieder um und schaut, wo es denn bleibt, das Zebrakind. Und das Krokodil kommt näher und näher, und es hat auch noch zwei Arbeitskollegen mitgebracht. Und auf einmal, zack, schießt von unten ausm Wasser das riesige Krokodilsmaul nach oben, und man sieht noch das Köpfli vom Kindli kurz über der Wasseroberfläche, ein letzter Schrei – und schon war's das. Grausam, gell? Aber keiner denkt sich was. Die Zebramutter nimmt es nicht mal persönlich. Natürlich, sie hat Angst und die gestreifte Hose gescheit voll, aber sie denkt sich nix. Keiner denkt sich was im Tierreich.

Oder denken Tiere was? Ein Gehirn hams ja. Was denkt die Kuh, wenn's regnet? Was denkt der Wurm am Haken?

Oder stellen Sie sich mal vor, Sie sind gerad in Kiel, und da fliegt eine Fliege ins Auto. Und Sie fahren jetzt nach Innsbruck. Und in Innsbruck fliegt die Fliege wieder raus. Merkt die was? Denkt die sich: Hä? Nee, die denkt sich nix und scheißt sich nix. Die Fliege macht nur eins: die fliegt. Die Fliege ist uns im Grund total voraus. Die ist total flexibel und total mobil. Die hat in zehn Stunden alles verloren: Familie, Freunde, Altersvorsorge. Aber sie fliegt einfach weiter. Das ist enorm wichtig in der globalisierten Wirtschaft, daß wir alle sind wie Fliegen. Und wer da nicht mitmacht, der fliegt.

Die Bürgerpflicht

Oft denkt man ja, der einfache Bürger hat gar keinen Einfluß auf Politik und Gesellschaft. Aber das stimmt im Grund gar net. Jeder kann was tun. Ich mein jetzt net, daß Sie wählen gehen, oder einer Partei beitreten oder einem Verein. Oder daß Sie beim Bund Naturschutz Fröschli schleppen oder in die Kirche gehen und beten. Das können Sie alles machen, das schadet auch keinem. Aber ich meine was anderes. Der Bürger muß sich jetzt was keff. Kaufen! Konsum ist jetzt Bürgerpflicht. Die Wirtschaft braucht Ihr Geld. Wir leben in einer Krisenzeit, vielleicht gibt's bald den großen Krieg. Und Sie hocken daheim auf dem Sofa rum und wollen kein Geld ausgeben, weil Sie glauben, es kommen schlechte Zeiten. Aber die schlechten Zeiten kommen ja nur, wenn Sie jetzt kein Geld ausgeben. Und genau das hat der Taliban gewollt. Daß Sie sich vor Angst in die Hose machen. Dann kaufen Sie sich wenigstens eine neue Hose. Sie sind doch Verbraucher. Wenn aber der Verbraucher nix verbraucht, dann hat das christlich industrialisierte Abendland verloren. Das Weihnachtsgeschäft steht vor der Tür, und schon jetzt gibt's Leute, die sagen, sie wollen ihr Geld zusammenhalten und sich heuer nix schenken. Das ist doch keine Einstellung. Da war ja Christi Geburt wieder mal völlig umsonst. Wie heißt es immer: Geben ist seliger als Nehmen, aber um was zu geben, müssen Sie erstmal was ausgeben, und wenn Sie was ausgeben, kann ein anderer wieder was einnehmen. Nächstenliebe muß auch finanzierbar sein. Also kaufens was. Es muß ja kein Ferrari sein. Versteh ich ja, wenn Sie sagen, nicht schon wieder ein Ferrari. Es langt ja mal ein neuer Fernseher, Gartenmöbel, Aktien, ein Bademantel. Egal, es kommt nicht drauf an, was Sie brauchen, sondern was Sie *ver*brauchen. Und selbst wer nicht viel Geld hat, kann sich engagieren. Ich möchte behaupten: Selbst ein mexikanischer Feuertopf von Aldi kann durchaus ein Zeichen sein der Solidarität, auch mit Amerika. Also tuns was keff. Irgendwas keff. Hauptsache keff.

Worte können Taten sein

Manchmal können Worte auch Taten sein, es kommt immer darauf an, wo man sich das Wort nimmt. Auf der Straße hat das überhaupt keinen Sinn. Man muß sich dort das Wort nehmen, wo die Mächtigen sitzen, die Bosse. Und deswegen habe ich Aktien. Ich besitze 52 Aktien von 52 Firmen. Das sind 52 Aktionärsversammlungen im Jahr. Und überall red ich. Überall meld ich mich zu Wort. Das ist mein Recht als Aktionär, auch wenn ich nur eine Aktie besitze. Die müssen mich anhören. Das stinkt denen oft, weil eine Aktie reicht, und schon kann ich reden, und zwar dort, wo die wirklich Mächtigen sitzen. Die Wirtschaftsbosse, die Manager, die Verantwortungsträger und Entscheidungsentscheider. Im Bundestag kann ich ja nicht sprechen. Obwohl das doch im Grund gar nicht schlecht wär. Wenn jetzt jeder wahlberechtigte Bürger vor der Stimmabgabe noch drei Minuten im Bundestag sprechen dürft, wäre das eine Gesamtredezeit fürs Volk von ziemlich genau vier Jahren. Und das tät passen. Weil alle vier Jahr wird ja auch gewählt. Aber der Gedanke wird sich wohl nicht durchsetzen. Da ist die Wirtschaft viel weiter. Eine Aktie – und schon kann man mal a weng rummaulen. Zum Beispiel bei diesem Ferdinand Piëch von VW. Beim Piëch wenn ich sprech, kriegt der immer vor Ärger ein knallrotes Köpfli. Malagarot heißt die Farbe beim Passat. Eine Aktie – und schon hängt der Piëch an der Decke. Das ist doch eine Rendite!

Sehr gern spreche ich auch bei der Aktionärsversammlung der Deutschen Bank. Wissen Sie, die Geschäftspolitik der Deutschen Bank – da ist der Hartmut mit seinen Gebrauchtwagen noch direkt seriös. Und dieser ehemalige Chef von der Deutschen Bank, dieser Rolf E. Breuer, kennen Sie den noch? Vermutlich nicht. Das ist auch der Wahnsinn. Die, die handeln, die kennt man nie. Und die, die man kennt, die reden nur. Beim Breuer hab ich gesprochen. Ich bin vorne die Treppe aufs Podium nauf, Breuer war an der Seite gehockt und hat noch freundlich geschaut, weil er kannte mich noch nicht. Ich bin dann hin ans Mikrophon und hab gerufen: »Herr Breuer, du Bananenbieger. Wo sind denn die drei Billionen Euro hingekommen, die ihr in den letzten Jahren an der Börse vernichtet habt? Das Geld ist ja nicht weg, es ist ja nur woanders – aber wo, Meister, wo? Die Bank gewinnt wohl immer, du studierter Hütlispieler!« Da war Stimmung! Security hat mich abgeführt. Breuer ist von seinem Sessel aufgesprungen und hat sich dabei den ganzen Kaffee auf sein Hemd geschüttet, total eingesaut, der gute Mann. Vielleicht hat's was genützt. Weil auch so ein Breuer geht abends heim zu seiner Frau, die sieht die Sauerei und fragt ihn: »Was hast denn du da?« Dann sagt er: »Das war der Pelzig!« Vielleicht kann man ja doch was bewirken mit kleinen Flecken, die nur schwer rausgehen aus der weißen Weste.

Sehr gern red ich ja bei der Telekom. Diese Telekomaktie, von der Rendite her kann man sie vergessen, aber vom Spaßfaktor her ist sie enorm. Dieser Ron Sommer, der wenn mein Hütli nur gesehen hat in der Menge, wollt er schon nicht mehr. Und wenn ich dann auf das Podium nauf bin und der Sommer hat mich gesehen, dann bekam der am Hals immer so nervöse Ausschläge, so Pusteln, ganz komisch. Vor lauter Ärger. Beim letzten Mal hat er mir die Redezeit begrenzt auf eine Minute. Hat nix genützt. Hab ich schneller geredet, hat er sich schneller geärgert. Und was hab ich schon gesagt zu dem Pustel-Ronni? Ich hab nur gesagt, man soll nie Aktien keff von Firmen, für die man selbst arbeitet. Weil dann ist man ja Arbeitnehmer und Aktionär in einer Person. Dann ist man ja für sich selbst ein Kostenfaktor. Was man sich da bei der Arbeit über sich selbst ärgern muß! Man muß sich im Grund selbst entlassen. Als Arbeitnehmer ist man natürlich dagegen, aber als Aktionär ist man sofort dafür. Und allaweil setzt sich immer der Aktionär durch. Und auch deswegen verschwinden soviele Arbeitsplätze! Nix anderes hab ich gesagt. Bekam der Sommer lauter Pusteln deswegen vor Ärger. Aber vielleicht hat's was genützt.

Weil auch der Sommer geht abends heim zu seiner Frau und die sieht das und fragt, was hast denn du da, und dann sagt er: Das war der Pelzig.

Natürlich ist sowas ein gewisser Ärger für die Herren. Und natürlich maulen die Leute oft, Pelzig, was soll das, damit erreicht man nix, wenn man nur stört. Aber ich erreich doch so auch nix. Und dann will ich wenigstens stören dabei.

Übrigens bin ich das Stören gewöhnt. Ich habe mein ganzes Leben nur gestört. Schon vor meinem Leben hab ich gestört. Zum Beispiel meine Mutter in der Schwangerschaft. Ich war noch gar nicht richtig auf der Welt, hat sie sich schon über mich beschwert. Dann habe ich den Arzt gestört, der mich zur Welt bringen sollte. Der wollte an dem Abend seinen 40. Geburtstag feiern mit Freunden. Aber dann kam ich. Das erste, was ich von dieser Welt gesehen hab, war ein Weißkittel, der sich ärgert. Sowas prägt. Ab dann hab ich nur gestört. Vor allem meine Eltern. Meine Eltern wollten ja nach mir unbedingt ein zweites Kind. Ging aber nicht, weil ich hab ja immer gestört. So ist meiner Mutter der größte Wunsch versagt geblieben: ein zweites Kind! Oder wie sie immer gesagt hat: mal ein richtiges Kind. Ich bin das Stören gewöhnt.

Marketing ist die Kunst,
Geld zu verlangen, das keiner hat,
mit Argumenten, die es nicht gibt,
für ein Produkt, das niemand will,
auf einem Markt, den keiner kennt.

Wo ist der Pfleger?

Der Markt regiert. Und deshalb lach ich immer, wenn Gerhard Schröder glaubt, er regiert. Natürlich, es gibt auch Leute, die glauben, sie wären Napoleon. Aber warum wollen die immer alle gewählt werden und regieren, wenn doch eigentlich der Markt regiert und sie am Ende gar nix machen können? Trotzdem wollen die von uns gewählt werden. Das ist so rührend. Wieso wollte Edmund Stoiber Bundeskanzler werden? Da hätt ich mich wegschmeißen können. Wieso hat der Stoiber so getan, als gäb's mit ihm auch nur einen einzigen Arbeitslosen weniger? Weiß der nicht, daß es eine Weltwirtschaft gibt? Erfährt man das immer erst nach der Wahl? Du wirst zum Bundeskanzler vereidigt, hernach bekommst du einen verschlossenen Briefumschlag, in dem ein Zettel steckt, auf dem steht: »Obacht, es gibt eine Weltwirtschaft!« Und schon steht wieder so ein Kasper da und sagt: Ich kann nix machen! Solche Politiker erinnern mich immer a weng an meine Oma. Die war geistig verwirrt. Was meine Oma immer alles machen wollt! Mitten in der Nacht um drei Uhr stand sie plötzlich auf, zog sich an und krakelte umeinander: Ich lauf jetzt los nach Dresden und besuch die Tante Hilde. Hab ich dann immer gesagt: »Oma! Die Tante Hilde ist seit zehn Jahren tot wie Fulda!« Nein, die Oma hat drauf bestanden, sie müßt jetzt los. Wie Politiker! Immer wollen sie loslaufen. Immer wollen sie was tun: Jetzt machen wir mal a weng was gegen Arbeitslosigkeit – ach verreck, das geht ja nicht! Wurscht! Dann machen wir mal a weng was für die Umwelt! Mist, das geht ja auch nicht. Egal, dann sichern wir einfach mal die Renten. Immer wollen sie was tun, und dann wird's nix, weils gar nicht können – ich frag mich bei denen immer: Wo ist denn da bitte mal der Pfleger? Ein Pfleger, der die ins Bett zurückholt und sagt: Gerhard, Joschka, Edmund, Guido, Angela! Flossen weg! Überlaßt das dem Markt, überlaßt das der Wirtschaft, den Konzernen, den Großkonzernen und den noch größeren Großkonzernen! Obwohl ich durchaus mal eine Lanze brechen will für unsere Großkonzerne. Weil ich finde es großartig, daß sich unsere Großkonzerne in der jetzigen Weltwirtschaftskrise überhaupt noch Staaten leisten. Die könnten ja auch sagen, was soll der Krampf, das rechnet sich nicht. Das lassen wir weg. Allerdings, manchmal braucht man ja auch den Staat. Wann braucht man den Staat? Jetzt braucht man den Staat, wenn's mal wieder so a weng Krieg gibt – Krieg muß der Staat machen, Krieg ist immer öffentlich. Krieg kann man nicht privatisieren. Im Krieg kommt ja jetzt net die Bayer AG daher und sagt, den Krieg in Afghanistan, das übernehmen wir. Und die Post AG sammelt derweil die Waffen ein in Mazedonien. Krieg muß der Staat machen. Man braucht den Staat, weil am Ende muß ja auch einer schuld sein. Wir haben

unsere Oma auch oft gebraucht. Grad wenn die Nachbarn immer geschimpft haben: »Hey, die Pelzigs schmeißen nachts immer ihren Restmüll ausm Fenster!« Dann haben wir immer behauptet: »Das war die Oma!« Die Oma war praktisch. Die Oma war auch oft lästig, aber Staaten sind auch oft lästig. Jedenfalls für die Konzerne und jedenfalls in Europa, weil's in Europa so wenig Großkonzerne gibt, aber so viele Staaten und so viele Grenzen und dann immer noch diese vielen kleinen unrentablen Drecksstaaten, so wie Österreich oder Dänemark. Bitte, ich mag Österreich, aber überlegen Sie mal: So ein Konzern wie Daimler-Chrysler, der hat mehr Geld als ganz Österreich. Für so einen Konzern wie Daimler-Chrysler ist ein Staat wie Österreich eine Liebhaberei, ein Hobby. Dänemark ein Parkplatz – schön flach! Und dann diese vielen Staatschefs in Europa! Und was da für Vögel drunter sind! Berlusconi, ein Krimineller! Mit solchen Leuten muß sich dann ein Konzernchef an einen Tisch hinhocken. Das ist nicht schön für die Konzerne in Europa. Amerika hat's da besser. Die USA – ein Riesenreich und nur ein Staatschef, und den hat sich die Industrie dann gleich selbst angeschafft. Die amerikanische Öl- und Waffenindustrie hat ja dem George W. Bush alles bezahlt: den Wahlkampf, das Essen, die Micky-Maus-Heftli. Das ist jetzt so, wie wenn ich mir eine pflegeleichte Oma aus dem Heim holen tät. Irgendeine nette alte Frau, spricht nur, wenn sie gefragt wird, ist geistig verwirrt, aber sehr dekorativ. So ist das mit dem Bush. Gut, ich sag jetzt net, daß der Bush geistig verwirrt ist. Um Gottes willen. Wenig Geist verwirrt sich nicht.

Aber ich versteh es trotzdem nicht. Weil es heißt doch immer: Wissen ist Macht. Und der Bush hat Macht. Die Frage ist, was er weiß. Hoffentlich weiß er, was er tut. Manchmal könnten Worte ja auch Taten sein. Es müßten nur die richtigen Worte sein, aber für die richtigen Worte muß man auch das Richtige wissen. Und was der Bush weiß, das weiß man net. Aber eines weiß man schon vom Bush: Bis zu dem 11. September hat er wirklich noch geglaubt, Taliban wäre eine Musikkapelle! Und erst hernach sind dann alle aufgewacht und haben gemerkt: Ja, brunzverreck! Die spielen falsch!

Wer wird Millionär?

Wir sind ja alle Opfer. Opfer von der Informationsgesellschaft, wo man gar nicht mehr wiss kann, was man alles wiss kann. Und selbst wenn man wüßt, was man wiss könnt, wüßt man ja net, ob man's wiss müßt. Aber man weß ja net mal, was man net weß. Und wie soll man das wiss, wenn man das, was man net weß, wenn man net weß, was das ist. Im Grund müßt man nur wiss, wer weß, was man wiss muß.

Das richtige Wissen, das ist Macht. Das war schon immer so. Schon früher, diese Mönche, die ham das richtige gewußt, die haben die Bücher gehabt und saßen dick und fett in ihren Klöstern umeinander. Überhaupt waren ganz früher dicke Menschen auffallend oft mächtig. Oder andersrum: Die Mächtigen waren auffallend oft dick. Der Mensch der Zukunft wird sowieso immer dicker werden. Schon heute werden die Kinder immer dicker. Die sind nicht nur fit, die sind auch fett für die Zukunft.

Schauen Sie mal in die zivilisierte Welt. Nirgends gibt's soviele Internetanschlüsse wie in den Industriestaaten. Aber nirgends sonst gibt's auch so viele dicke Menschen. Jetzt weiß man aber, Dicksein ist ungesund. Also müssen doch die gut informierten Dicken das Falsche wissen.

Der Dalai Lama

PELZIG Was hat dieser Dalai Lama bloß, daß alle hinrennen zu dem?

DR. GÖBEL Naja nun. Der Dalai Lama ist ja ein Gottkönig. Und Oberhaupt seines Landes.

HARTMUT Außerdem lacht er gern, der Lama.

PELZIG Das stimmt. Der lacht gern. Der Papst lacht nie.

DR. GÖBEL Das ist doch nun wahrlich kein Vergleich. Der Papst ist älter und ist ja auch kein Gott.

HARTMUT Als junger Gott hat man eben leichter lachen.

PELZIG Stimmt! Und überhaupt sind die alle so freundlich: der Lama, der Buddha, die lächeln alle. Die haben's gut in Asien.

DR. GÖBEL Ich erinnere nur an Johannes Paul I., der lachende Papst!

PELZIG Ja und? Einen Monat hat er gelacht. Dann war er tot.

HARTMUT Hat sich totgelacht.

PELZIG Das glaub ich weniger. Nee, der Lama ist einfach ein freundlicher Mensch.

HARTMUT Nee, so eine Art Gott ist er.

PELZIG Ja noch besser, ein freundlicher Gott. Sowas kennen wir gar nicht.

DR. GÖBEL Unser Gott ist auch freundlich.

HARTMUT Zu wem?

DR. GÖBEL Was ist denn das für eine Frage!

PELZIG Also ich hab Gott noch nie lachen gesehen. Aber den Lama immer.

DR. GÖBEL Gott lacht zu uns eben nicht schallend, sondern leise. Gott lacht zu uns durch eine Blume. Durch einen Grashalm. Durch Morgentau auf Rosenkelchen. Durch einen frischen Apfel. Gott lacht auch durch uns Menschen.

HARTMUT	Der läßt lachen. So einer ist das.
PELZIG	Der Lama lacht selber, der ist mir lieber.
DR. GÖBEL	Nein nein, ich meine, wenn Sie lachen, lacht Gott auch.
PELZIG	Über mich?
DR. GÖBEL	Nein nein...
PELZIG	Ich laß mich net auslachen, Schöpfer hin, Schöpfer her, es gibt Grenzen.
HARTMUT	Sonst laufen wir gleich zum Lama über.
PELZIG	Genau. Weil der Lama ist ein Gott, wo auch noch zuhört.

DR. GÖBEL Unser Gott hört auch zu!

PELZIG Aber der Lama ist ein Gott, wo antworten kann.

DR. GÖBEL Unser Gott antwortet auch.

PELZIG Ja, ich weiß: durch die Blume und Morgentau und frische Äpfel.

HARTMUT Äpfel aus Südtirol! Als wär das 'ne Antwort!

PELZIG Also da muß ich sagen, der nette Lama ist mir lieber. Der lacht, kann antworten – und man muß net mal an ihn

glauben, weil den gibt's wirklich. So müssen Götter sein!

DR. GÖBEL Ich weiß nicht. Der Dalai Lama – für einen Gott wirkt er auf mich viel zu menschlich.

Die Globalisierung

Neulich gab's so einen Diaabend im Pfarrheim mit dem Pfarrer Nüsslein. Und da hat er so Bilder gezeigt von seiner Zeit in der Mission. Von so einer Baumwollfarm in Ghana. Und da hat man genau gesehen, wie sie die Baumwolle pflücken tun. Die Baumwolle geht dann nach Deutschland und wird hier verarbeitet zum Stoff. Zum Baumwollstoff. Weil das können die nicht, die Ghanaaaer. Und dann geht der Stoff wieder zurück nach Ghana. Und in Ghana wird dann ein richtiges schönes Hemd draus genäht. Weil das können sie schon, die Ghanaaaaer. Und dann geht das Hemd wieder nach Deutschland. Und hier kauft's dann zum Beispiel der Hartmut. Und irgendwann ist das Hemd kaputt. Dann haut's der Hartmut weg in irgendeine Sammlung. Und dann geht's quasi wieder zurück nach Ghana. Dann ist es wieder daheim. Wo es herkommt. Und manchmal, das ist fei interessant, manchmal kommt so ein Hemd dann aber doch wieder nach Deutschland zurück. Aber dann steckt natürlich so ein Asylbewerber drin. Und jetzt habe ich den Pfarrer Nüsslein gefragt, warum man eigentlich das Hemd nicht gleich dort läßt in Ghana, dann wär es neu, und der Ghanaaer hätt auch a weng a Freud, und wir bräuchten den Umweg gar nicht über Europa. Aber der Pfarrer Nüsslein sagt:

Das sind die Wege des Herrn, die gehen über Europa.

Und so ist ja auch Globalisierung nicht gemeint. Globalisierung ist, wenn sich Konzerne verbinden. Aber nicht unbedingt Menschen. Obwohl diese Konzernfusionen sind wie Ehen. Das sind Firmenehen. Das ist, wie wenn Sie heiraten! So heiraten Firmen. Und wenn's dann verheiratet sind, dann merken die Firmen oft, wir passen gar nicht zusammen. Das ist vielleicht auch wie bei Ihnen. Und noch später merken die Firmen oft: Wir haben viel zu viele Leute. Da müssen wir welche vor die Tür setzten. Vielleicht auch wie in der Ehe. Auch da denken viele nach gewisser Zeit: Oh oh, hier ist wohl einer zuviel. Weil so ein Ehepartner ist auch nicht immer »just in time«. Der ist ja auch oft da, wenn man ihn nicht braucht. Und das »just in time« ist enorm wichtig bei der Globalisierung. Daß alles genau dann kommt, wenn's nötig ist. Das ist wie bei einem Orchester. Zum Beispiel die Bamberger Symphoniker – da spielen auch alle punktgenau zusammen. Jeder Musiker liefert genau dann ab, wenn er dran ist.

Trotzdem ist so ein Orchester im Grund nicht effektiv.

Weil ist Ihnen das mal aufgefallen bei großen Orchestern? Selten spielen alle gleichzeitig. Ob sich das rechnet? Der Personalaufwand gemessen an der Zahl der Töne ist vielleicht nicht effektiv. Ich habe das genau beobachtet bei den Bamberger Symphonikern: Die Geiger fiedeln sich einen Wolf, der Trommler hockt rum. Dann entschließen sich die Bläser, ach ja, wir könnten ja mal wieder blasen, schon lehnen sich die Geiger zurück, und der Trommler ist mal kurz vor die Türe, eine rauchen. Bezahlt werden aber alle für den ganzen Abend. Da entsteht ein Kostendruck! Da muß man sich nicht wundern, wenn dann am End polnische Saisongeiger oder asiatische Raubfiedler wie die Vanessa Mae in den Markt drängen. Vielleicht zappelt der Dirigent deshalb immer so unruhig auf seinem Podest, weil er sieht, die Leute tun nix.

Da braucht's eine Flexibilisierung der Arbeitswelt. Daß der Trommler eben nur kommt, wenn er wirklich zu trommeln hat. Und wenn er nix zu trommeln hat, kann er gehen. Da könnte so ein Trommler während des Konzerts auch noch Nebenjobs annehmen. Zwischen dem ersten und dem vierten Satz jobben bei McDonald's. Oder in der Garderobe. Wenn aber immer nur die kommen und gehen, die dran sind, entsteht vielleicht doch eine gewisse Unruhe im Orchestergraben. Das könnte irritieren. Insofern wäre es vielleicht besser, alle bleiben sitzen, werden aber leistungsbezogen bezahlt. Die Musiker erhalten ihren Lohn pro Ton. Der Trommler pro Schlag.

Da möchte ich mal sehen, ob dem nicht noch ein paar Stellen einfallen, wo's passen tät!

Straßenverkehr

1.

Jeder siebte Arbeitsplatz in Deutschland hängt von der Automobilindustrie ab. Und das Wichtigste am Standort Deutschland ist nun mal die Mobilität. Die Mobilität am Standort.

Es gibt ja zwei Arten von Mobilität. Die geistige, die findet im Kopf statt. Meistens. Und die körperliche, die findet auf der Straße statt. Meistens auf der A3. Die geistige Mobilität hat mit der körperlichen nix zu tun. Weil wer geistig mobil ist, fährt gar nicht erst auf die A3. Was da immer los ist! Da brauchen wir doch kein Tempolimit 100. Ich würd eher sagen, da brauchen wir eine Pflichtgeschwindkeit 100 km/h. Aber Tempo 100 kommt vielleicht doch eines Tages. Weil das Umweltbundesamt empfiehlt Tempo 100 auf der Autobahn. Wegen der 8000 Verkehrstoten jedes Jahr. Und wegen dem Abgas und dem Klima. Aber das bringen die nicht durch. Da macht die Automobilindustrie nicht mit. Die Industrie wird sich auch denken, Verkehrstote sind tragisch, aber andererseits tun die auch was fürs Klima. Weil die fahren ja nicht mehr.

8000 Verkehrstote im Jahr – das klingt viel. Aber man muß es mal messen an der Zahl der gefahrenen Kilometer. Und dann schaut's schon a weng besser aus. Dann ist das ein Spitzenwert. Die Zahl der Verkehrsopfer im Verhältnis zu den gefahrenen Kilometern insgesamt.

So kann's auch die Tabakindustrie sehen: die Zahl der Tabaktoten im Verhältnis zur Zahl der gerauchten Zigaretten insgesamt. Oder Alkohol: die Zahl der Alkoholtoten gemessen an der Zahl der Flaschen. Also das Verhältnis Sterberate zu Hektoliter. Da frag ich mich aber mal eines: Nimmt man jetzt mal diejenigen Verkehrstoten, die besoffen bei Tempo 200 geraucht haben, fallen die dann womöglich in alle drei Statistiken rein? Zählen die dann dreifach? Das wär nicht gerecht. Dann würd so ein rauchender Trinker fälschlicherweise bei den Verkehrsopfern mitgezählt. Das müßt mal jemand untersuchen. Weil dann wären am Ende womöglich die Raucher schuld, wenn ein Tempolimit kommt.

2.

Das verstehe ich nicht: Schon seit über zwanzig Jahren gibt es in Deutschland Millionen Arbeitslose. Und es werden immer mehr Arbeitslose. Aber immer heißt es, man kann nix machen, das ist wegen der Weltwirtschaft. Obwohl die FDP sagt, die Wirtschaft hilft sich selbst, man soll nix machen. Die PDS sagt, man muß was machen. Die Opposition sagt, sie dürf nix machen. Die Regierung sagt, man kann nix machen. Was macht man da? Was macht man, wenn die Staatslenker net lenken? Stellen Sie sich mal vor, Sie hocken vier Jahre lang in einem Bus, der net losfährt. Aber der Fahrer erzählt lustige Geschichtli, wie er fahren würde, wenn er fahren könnt und wie sich der Kollege schon mal verfahren hat. Nach ein paar Jahren wechseln Sie den Bus, fährt der auch wieder net los – dafür gibt's ganz neue Geschichtli.

3.

Die Benzinpreise sind ja die modernen Brotpreise. Früher hat's Revolution gegeben, wenn's Brot zu teuer war. Heute gibt's Revolution wegen dem Benzin. Und das ist auch klar, weil wer kann sich die Fahrt zum Bäcker noch leisten? Also bleibt man daheim, und daheim ist es kalt, weil's Heizöl zu teuer ist. Alles wird teurer. Nur das Telefonieren wird billiger. Ist auch schön. Kann man ständig jemanden anrufen und erzählen wie man friert.

Der Computer-Inder

Deutschland ist ein rohstoffarmes Land. Wir haben hier nur den Rohstoff Geist. Und der wird auch immer knapper. Deshalb müssen wir wieder geistreicher werden, und deshalb werden wir jetzt ein Einwanderungsland. Die Ausländer müssen jetzt kommen. Also net alle Ausländer. Nur die, die wo net so sind wie wir. Also die intelligenten Ausländer sollen kommen. Die, wo gut rechnen können. Und einen guten Deutsch müssen sie können. Ganz wichtig. Das hat die CSU ja schon vor Jahren gefordert: Wer keinen gescheiten Deutsch sprechen tut, wird gezwungen, das Land müss zum Verlass. Also die intelligenten Ausländer müssen jetzt her. Aber das kann ja nix werden. Weil die intelligenten Ausländer, wo wir wollen, die wollen gar net zu uns. Da sind die viel zu intelligent. Ich sag ja net, daß nur die Blöden da wären. Aber kennen Sie persönlich einen einzigen von diesen berühmten Computer-Indern? Ich nicht. Was ich kenn: Rosen-Inder. Da sind sehr nette Kerle drunter. Und in Augsburg hab ich unlängst so einen Hotel-Inder kennengelernt. Im Hotel »Drei Mohren«. Aber einen Computer-Inder hab ich noch nirgends getroffen. Die wollen nämlich gar nicht zu uns. Dabei könnten die hier locker um die 5000 Euro netto im Monat abgreifen. Aber sie kommen net. Und warum kommen sie net? Weil sie Angst haben, daß sie in Deutschland dann von irgend so einem Drecks-Nazi auf der Straße totgeschlagen werden. Und dann sind 5000 Euro wieder a weng wenig. Dann ist das ja praktisch nur eine Bestattungs-Beihilfe.

Toleranz ist eine Geisteshaltung,
welche die anderen erreichen müßten,
damit sie endlich so denken wie ich.

Pädagogik

PELZIG Jetzt ist es ja verboten, seine Kinder zu schlagen.

DR. GÖBEL Ach ja? Auch keine kleine pädagogisch wertvolle Kopfnuß vielleicht?

PELZIG Nix. Verboten!

HARTMUT Und a weng a Schelle? Eine ganz normale Schelle, wenn man neischwartet?

PELZIG Auch verboten!

HARTMUT Ja, wie soll man da erziehen?

DR. GÖBEL Ich bin in meiner Jugend oft geschlagen worden.

HARTMUT Ich auch, au mein Vater, was hat der mich hergehaut...

DR. GÖBEL Mein Vater hat mir oft den Hosenboden versohlt mit einem Haselnußstöckchen.

HARTMUT Mir hat mein Vater immer so alte Ford Escort-Felgen nachgeschmissen.

DR. GÖBEL Oh, wie fürchteten wir das Haselnußstöckchen, immer wenn er vom Gottesdienst kam.

HARTMUT Oder waren das die Felgen von dem alten Buckel-Taunus?

DR. GÖBEL Mein Vater war ein harter Zuchtmeister, der sich selbst nicht schonte. Nachts ließ er sich oft von meiner Mutter schlagen. Das Haselnußstöckchen stand in Vaters Bücherschrank. Bei Moltkes Schriften.

HARTMUT Wir haben gar keinen Bücherschrank gehabt. Also nur ganz kurz, dann hat er einmal damit geschmissen, dann war der auch hi.

DR. GÖBEL Mein Vater war ein großartiger Charakter. Seine Schläge haben mir weiß Gott nicht geschadet.

HARTMUT Hat schon seinen Sinn gehabt.

DR. GÖBEL Hart, aber gerecht.

HARTMUT Was uns net umbringt...

DR. GÖBEL ... macht uns stark.

HARTMUT ... So Kerle wie uns wird's in der Zukunft gar nie mehr geben.

PELZIG Ja, Gott sei Dank!

Unsterblich

Jetzt hängt sie also da oben: die internationale Raumstation.

Der erste Schritt der Menschheit, um jetzt auch das All zu besiedeln. Ob das dem All gefällt, wenn die da immer soviel Schrott rumliegen und rumfliegen lassen? Auf dem Mars steht auch schon so ein defekter Wagen herum. Mit der Mondlandung hat das Elend doch im Grund begonnen. Es ist immer dasselbe: Egal wo die Menschheit auftaucht im Universum, als erstes läßt sie mal ein kaputtes Auto zurück. Aber wenigstens haben die Russen ihre Mir ins Meer fallen lassen. Schade drum, aber die Russen hatten kein Geld mehr. Gott sei Dank aber sehr gute geographische Kenntnisse. Wenn dieser Bush eine Raumstation versenken müßte, wer weiß, wo die runterging? Der würde sich eine Landkarte anschauen und sagen: Nehmen wir einfach die Kölner Bucht.

Ich hab sowieso nie verstanden, warum die Russen Raketen ins All schießen, aber auf der Erde könnens nicht mal ein gescheites Auto bauen. Die Mir war wahrscheinlich auch nur ein umgebauter Lada. So ist wahrscheinlich die ganze russische Raumfahrt entstanden: Die Russen haben ein Auto bauen wollen, und das ist immer in die Luft geflogen.

Ich will aber gar nix Böses sagen gegen die Russen, weil der Kalte Krieg ist vorbei. Und der Ami hat ja auch nicht nur Volltreffer gehabt in der Raumfahrt. Erinnern Sie sich noch, als damals diese Challenger explodiert ist? Wo da diese Lehrerin drin war? Ein grausamer Tod. Und das als Frau. Auf der neuen Raumstation sollen es ja irgendwann eine Frau und ein Mann mal miteinander treiben. Sex in der Schwerelosigkeit. Da braucht's kein Viagra und keinen Wonderbra. Die Wissenschaftler sagen: Erst wenn der erste Mensch im All geboren worden ist, dann ist die Menschheit unsterblich. Weil dann können Kometen kommen und Asteroide auf die Erde knallen, Sintfluten können uns überschwemmen und das Tschernobyl kann überkochen, das ist dann alles wurscht. Dann sind wir unsterblich. Aber wenn Menschen im All geboren werden, kommen wieder andere Probleme auf uns zu. Welche Nationalität hat einer, der im All geboren wird. Ist das ein Aller? Und was ist, wenn so einer in Bayern immer wieder straffällig wird? Was da eine einzige Abschiebung kosten wird!

Die Hormonstörung

Es hat vor einiger Zeit eine wissenschaftliche Untersuchung gegeben: Wo hat welche Partei in Bayern ihre treuesten Anhänger? Das Ergebnis: Die CSU in Bayern hat ihre treuesten Anhänger bei den Frauen über 60. Auf die Frauen über 60 kann sich die CSU bei der nächsten Wahl hundertprozentig verlassen. Kann sie bei der übernächsten Wahl auch. Bei der überübernächsten Wahl auch noch. Aber was ist dann? Irgendwann sind ja die Frauen über 60 auch mal Frauen über 90. Auf die tät ich mich net verlassen. Dann gibt's zwar auch wieder Frauen über 60, aber das sind ja heute die Frauen über 30. Und nach der wissenschaftlichen Untersuchung wählen Frauen über 30 in Bayern am liebsten SPD. Jetzt weiß ich ja net, wie das ist bei Frauen, wenn sie älter werden, ob man da automatisch CSU wählt. Daß das irgendwie mit den Wechseljahren oder mit den Hormonen zusammenhängt. Aber das tät ja bedeuten: CSU wählen ist keine Sache der Vernunft, sondern eine Sache der Hormone. Würde auch bedeuten: Wer in seiner Jugend CSU wählt, hat eine Hormonstörung. Und das glaub ich net, weil immerhin haben ja 49 Prozent der Erstwähler die CSU gewählt. Haben die alle zuviel Kalbfleisch gegessen?

Lust und Macht

Warum sollen Politiker eigentlich immer besonders anständig sein? Das geht doch gar nicht. Lust und Macht, das gehört doch zusammen. Weil Macht macht immer Lust auf mehr Macht, und Lust macht auch Lust auf Macht. Aber Macht macht halt auch immer a weng Lust auf Lust. Ich find's auch besser, wenn die Macht mehr Lust auf Lust macht, als Lust auf Macht macht. Weil dann bekommen wir auf der Welt viel mehr Lusthaber und viel weniger Machthaber. Natürlich kann ein Lusthaber lästig werden. Aber ein Machthaber belästigt unter Umständen gleich ein ganzes Volk. Das schafft auch ein sehr aktiver Lusthaber net. Jetzt kann man sagen, die Probleme mit Lust und Macht gibt's nur, wenn so junge Kerle regieren. Nimm die alten Säcke von früher, Boris Jelzin oder Helmut Kohl, mit denen gab's in der Hinsicht keine Probleme. Das stimmt, weil der Jelzin hatte nur noch Lust auf Macht, aber keine Lust mehr auf Lust. Drum hat er sich mit dem Helmut Kohl so gut verstanden. Und darum hatten die alle diesen riesigen Machtapparat. Den hatte der Clinton damals auch, aber der Clinton war jünger. Der hatte auch noch einen riesigen Lustapparat. Also was ich sagen will: Macht macht Lust auf Macht, und Lust macht auch Lust auf Macht, und je mehr Macht einer hat, um so mehr Lust bekommt er auf

Lust und Macht und Lust an der Macht, oder anders ausgedrückt: Wer die Hosen anhat, zieht sie besonders gern wieder aus.

Vor der Schicksalswahl

Wenn Stoiber Kanzler wird, dann kann ich die Genehmigung für meinen Carport vergessen. Dem Stoiber ist als Kanzler mein Carport zwar wurscht, aber Nachfolger vom Stoiber als Ministerpräsident wird ja dann vielleicht der Günther Beckstein. Wenn sie ihn net vorher vergiften, weil der Beckstein ist ein evangelischer Franke und ein evangelischer Franke als bayerischer Ministerpräsident – da gibt's eher noch eine schwarze Frau als neuen Papst! Also wird der Beckstein entweder vergiftet oder er geht mit dem Stoiber nach Berlin. Und beides wär für mich eine Katastrophe, weil dann wird Erwin Huber bayerischer Ministerpräsident. Dem Huber ist mein Carport zwar auch wurscht, aber der Huber möchte als Nachfolger vom Beckstein diesen Oberstaatsanwalt haben, der wo jetzt schon für die CSU tätig ist bei der Rechtsfindung. Dem Oberstaatsanwalt ist zwar mein Carport auch wurscht, aber er ist ein katholischer Oberpfälzer. Und das ist das Problem. Dann fehlt ihnen ja wieder ein evangelischer Franke in der Staatsregierung, weil ja der Beckstein in Berlin hockt oder vergiftet worden ist. Also holt sich die CSU dann den evangelischen Franken aus der Bayerischen Landesbank, wo ja die CSU einige Schläfer sitzen hat. Einer von denen wird dann bayerischer Finanzminister. Der hat zwar von Finanzen keine Ahnung, aber das ist schon in der Bayerischen Landesbank niemandem aufgefallen, was ja für den Leo Kirch ein großes Glück gewesen ist. Der muß dann bayerischer Finanzminister werden und außerdem ist er der einzige in Frage kommende evangelische Franke in den Tarngruppen der CSU. In Frage käme höchstens noch ein Sudetendeutscher. Sudetendeutscher ist immer gut. Der könnt sogar eine Frau sein. Oder Florist. Oder behindert. Wurscht. Aber den hams net. Also wird der evangelische Franke aus der bayerischen Landesbank bayerischer Finanzminister. Aber der jetzige Finanzminister Faltlhauser, was wird aus dem? Den kann man nicht einfach vergiften, weil er ist zwar ein katholischer Münchner und insofern überflüssig, aber er ist kein Jurist, sondern ein Volkswirtschaftler. Wenn der jetzt geht, haben sie zwar genügend evangelische Franken, aber zu viele katholische Juristen in der Staatsregierung. Also muß der Faltlhauser Minister bleiben und wird dann bayerischer Wissenschaftsminister. Weil er Volkswirtschaftler ist. Wenn Stoiber Kanzler wird. Das ist alles schon ausgemacht. Der jetzige Wissenschaftsminister Zehetmaier wird dann allerdings zum Problem. Also für mich und für meinen Carport. Der Zehetmaier kann ja nicht einfach zur Bayerischen Landesbank wechseln, weil der Posten von dem evangelischen Franken, der wo Finanzminister wird, damit der katholische Oberstaatsanwalt Nachfolger vom Beckstein werden kann, also dieser Posten ist ja schon vergeben an einen der CSU-Schläfer vom FC Bayern. Der wechselt dann vom FC Bayern zur Bayerischen Landesbank, wenn Stoiber Kanzler wird, das ist alles schon ausgemacht, und das ist auch gut so, weil die Herren vom FC Bayern verstehen eindeutig mehr vom Geld als die Herren der Bayerischen Landesbank. Also kann der Zehetmaier da net hin. Zehetmaier kann auch nicht Nachfolger werden vom dem katholischen Oberstaatsanwalt, weil der Zehetmaier ist kein Jurist, sondern ein Lehrer. Woran man wieder sieht, daß Juristen nie da sind, wenn man sie braucht. Und jetzt ahnen Sie wahrscheinlich schon die Katastrophe. Es kommt, wie es kommen muß, weil es gibt nur noch einen einzigen Ausweg: Zehetmaier wird Chef von der Hanns-Seidel-Stiftung, was aber seit Jahren der Willi werden will, der wo jetzt noch bei uns daheim CSU-Landrat ist. Deshalb muß der Willi dann CSU-Landrat bleiben, wenn Stoiber Kanzler wird und wenn der Willi CSU-Landrat bleibt, dann wird dieser CSU-Oberarzt aus Neudorf neuer CSU-Chefarzt im CSU-Klinikum Meckenheim, weil der mit der Nichte vom Willi seinem besten Freund verheiratet ist. Dann zieht dieser CSU-Oberarzt nach Meckenheim und verkauft sein Haus in Neudorf an den Günna vom CSU-Baureferat am CSU-Landratsamt. Dann zieht der Günna nach Neudorf in das Haus vom Oberarzt, aber die Frau vom Günna will nicht nach Neudorf und will sich dann scheiden lassen, das ist schon ausgemacht, wenn Stoiber Kanzler wird, und dann kann sich der Günna erschießen, weil sie hat das ganze Geld und einen wasserdichten Ehevertrag. Wenn sich dann der Günna erschießt, das ist schon ausgemacht, wenn Stoiber Kanzler wird, dann wird der Nachfolger vom Günna der Berningers Rudi, der wo mich net leiden kann und ausgerechnet der ist dann zuständig für die Baugenehmigungen und dann kann ich meinen Carport vergessen. Wenn Stoiber Kanzler wird.

Nach der Schicksalswahl

Ich hab den Bauantrag jetzt eingereicht beim Günna. Hoffentlich macht er schnell damit. Weil Stoiber sagt, er hat die Wahl gewonnen. Eigentlich. Der hat das immer noch nicht gemerkt, was da passiert ist. Aber das ist wohl, weil er aus Bayern ist. Wahlen in Bayern sind ja net direkt spannend. Die sind einfach nur gut gemeint. Als Bayer kann man sich ja von Haus aus gar net vorstellen, daß es bei einem Wahlausgang immer zwei Möglichkeiten gibt.

Themen besetzen

Was ist das wichtigste in der Politik? Man muß ein Thema besetzen. Kennen Sie den Ausdruck? Themen besetzen. Damit sich kein anderer draufsetzen kann. Früher war das anders. Früher gab's CDU/CSU, die haben das Wirtschaftliche besetzt. Und die SPD hat das Soziale besetzt. Und die FDP hat vor allem immer eines besetzt: den Schoß der Regierungspartei. Dann sind irgendwann die Grünen entstanden, und die Grünen waren ja am Anfang keine Partei, sondern eine Bewegung. Und eine Bewegung besetzt keine Themen, sondern Häuser. Und als die Grünen genug Häuser hatten, haben's gesagt: Jetzt werden wir mal eine Partei und setzen uns auf die Umwelt, weil da sitzt noch keiner. Die Umwelt war damals noch ein ganz kleines Thema. Hat man kaum draufsitzen können. Und die großen Parteien dachten, die Grünen haben wohl einen Patscher, Umwelt ist doch kein Thema, da sitzt man sich einen Wolf! Heute sitzen alle auf der Umwelt. Und auf der Wirtschaft. Und den Familien. Und den Rentnern und der inneren Sicherheit und der Bundeswehr und der Bildung. Alle sitzen überall auf allem. Das wäre mal ein Slogan: Politik für den Arsch.

Das Image ist das,
was man bräucht,
daß die anderen denken,
daß man so ist,
wie man gern wär.

Amerika

1.

In Amerika ist alles ganz anders. In Amerika gibt's ja so viele Minderheiten. Da ist die Mehrheit inzwischen schon in der Minderheit.

2.

In Amerika entscheiden überhaupt nur eine Million Unentschlossene die Wahl. Der Rest wählt sowieso net und wenn er wählt, weiß er, was er wählt. Eine Million Unentschlossene entscheiden die Wahl, und deswegen sind in Amerika auch diese Fernsehduelle so wichtig. Weil dann kann sich der Unentschlossene besser entschließen. Das bedeutet aber, wenn jetzt der Bush beim Fernsehduell nur ein einziges Mal versehentlich so a weng bronchial rumgerotzt hätt, dann hätten 600000 unentschlossene Wähler gedacht, wer so rumrotzt, nein danke, dann wählen wir lieber den Al Gore. Jetzt hätt's aber sein können, daß dem Al Gore so ein paar Nasenhaare aus dem Nasenloch nausschauen, kann ja vorkommen, und 900000 unentschlossene Wähler hätten gedacht, bitte, das ist ja net Al Gore, das ist Al

Bundy. Dann wählen wir lieber den Bush. Hätte der Gore dann noch zum Schluß a weng überheblich gelacht, hätten vielleicht eine Million unentschlossene Wähler gedacht, der Gore, die arrogante behaarte Sau. Dann wählen wir lieber den, wo bronchial rumrotzt. So werden in der Demokratie Wahlen entschieden. Bei uns auch. Jetzt kann man sagen, die unentschlossenen Wähler sind total dumm und ungebildet, weil sie auf Nasenhaare achten. Aber das stimmt net. Weil ich kenn auch entschlossene Wähler, denen Nasenhaare wurscht sind und die trotzdem dumm sind. Deswegen dürfen im Wahlkampf auch nie ernste Themen besprochen werden. Da heißt's dann immer: Sowas gehört nicht in den Wahlkampf. Aber dann muß ich jetzt mal fragen: Wenn die das net wollen, daß ein ernstes Thema in den Wahlkampf kommt, weil die Dummen das net verstehen, dann heißt das doch, man soll im Wahlkampf nur Mist reden. Für die Dummen. Und so ist es ja auch. Weil wenn die Gewählten im Wahlkampf keinen Mist reden täten, dann täten die Dummen denken, die reden einen Mist.

Gleichberechtigung

Der Ami hatte ja lange Zeit kaum Arbeitslose, dafür aber sehr volle Gefängnisse. Der Ami ist ein Hund, weil der Ami sagt:

Nicht ausweisen, sondern einweisen! Da gibt es bei uns auch Leut, die fordern: Alles wegsperren, alles einsperren. Einmal dumm geguckt – zwölf Jahre Gefängnis. Und dann gibt's wieder Leut, die sagen, das können wir doch nicht machen, weil eines Tages sind die Gefängnisse voll und dann? Aber deswegen gibt's ja in den USA die Todesstrafe. Und da ist der Ami eisenhart. Wie die Bayern. Die haben zwar keine Todesstrafe, aber die weisen die Verbrecher aus, notfalls ins Land der Vorfahren. Aber das kommt für den Amerikaner nicht in Frage, Gott sei Dank! Sonst hätten wir sie alle wieder hier. Nur einmal ist der Ami bei der Todesstrafe ins Grübeln gekommen. Das war wegen der Karla Tucker. Diese junge weiße Frau, die sie hingerichtet haben in Texas unten, als der Bush noch Gouverneur war. Da hat der Ami plötzlich überlegen müssen, dürf man eine junge weiße Frau hinrichten? Die hat ja auch noch richtig gut ausgeschaut. Also, hat sich der Ami gefragt, dürf man eine junge weiße gutaussehende Frau hinrichten? Außerdem war sie ja auch noch richtig gläubig geworden im Gefängnis – eine überzeugte bekehrte Christin, immer gut drauf und arg fröhlich. Hat sich also der Ami gefragt, dürf man a junge weiße gutaussehende gläubige fröhliche und immer gut draufene Christin hinrichten? Wenn das jetzt ein alter, schwarzer, dicker, depressiver Moslem gewesen wäre, aber so? George W. Bush hat dann entschieden, man dürf. Weil Bush ist der Meinung: Todesstrafe für Frauen ist auch eine Form von Gleichberechtigung.

Sigmund Freud

PELZIG Das Unbewußte, das hat ja der Freud entdeckt, der Sigmund Freud. Der teilt das ja auf. Der sagt ja, im Unbewußten, da ist bei uns der Trieb.

HARTMUT Ja wos, der Trieb, hä?

PELZIG Der Trieb. In unserem Unbewußten versteckt sich sozusagen eine riesige Sau.

DR. GÖBEL Bei mir nicht!

PELZIG Aber ja! Also ein Ferkel haben Sie auch im Hirn, mindestens. Aber daraus wird auch eine Sau, und die treibt den Bock in uns an, und Bock und Sau führen sich auf und wollen Sachen machen … ui ui ui!

DR. GÖBEL Ich bitte Sie, man muß sich auch einmal zügeln können. Askese!

PELZIG Ja, das ist dann das Über-Ich. Sagt der Freud.

HARTMUT Wos?

PELZIG Das Über-Ich. Das ist das Gewissen. Und das Gewissen sagt: Bind die Sau fest, schieß den Bock tot, was sagen sonst die Nachbarn. Das ist das Über-Ich.

HARTMUT Wie heißt das?

PELZIG Das Über-Ich. Das ist sozusagen die Zuständigkeit für die Anständigkeit.

HARTMUT Kenn ich net.

DR. GÖBEL Das glaube ich Ihnen aufs Wort.

PELZIG Aber wenn der Anstand die Sau net in Ruhe läßt, dann kommt das Unbewußte. Und dann tut man Sachen, die man net tun soll, aber man tut sie doch, nur anders.

HARTMUT Hä?

DR. GÖBEL Wie?

PELZIG Ja! Dann sieht man zum Beispiel eine wunderbare Mokkatorte und denkt, oh, da möchte ich mich nackig neilegen.

HARTMUT Ich mag ke Mokkatorte.

PELZIG Das ist ja nur ein Beispiel.

HARTMUT Aber so Apfelkuchen mit Mandelkrüstli, wo man auf der Mandel so a weng rumleck kann, das mag ich, so a weng rumleck...

DR. GÖBEL Ich liebe Spritzgebäck.

PELZIG Oder Russischer Zupfkuchen, wo man so schön mit den Fingerli rumzupfen kann. Oh...

HARTMUT Oder so ein feuchtes dralles Cremetörtli, sowas mag ich. Überhaupt so Leckgebäck...

DR. GÖBEL ... nein, Spritzgebäck!

HARTMUT Nee, Leckgebäck. Alles was sich leck läßt ist lecker. Oder von Coppenrath

und Wiese, so eine Tiefkühlschwarzwälder – wenn man sich's selbst mal schnell besorg will, so ein Schwarzwälder Kirschquickie.

DR. GÖBEL Aber sagen Sie, was hat denn nun all das Naschwerk mit Freud zu tun?

HARTMUT Ja ja. Eben. War der Konditor?

PELZIG Nee, das ist ja nur ein Beispiel, weil, wie soll ich's erklären, also die Mokkatorte …

HARTMUT Ich mag ke Mokkatorte!

PELZIG … weil also die Torte, das ist quasi die Frau. Oder vielmehr die Mutter. Und deswegen hat man ja Schuldgefühle.

DR. GÖBEL Bitte, wieso denn Schuldgefühle?

HARTMUT Gegenüber der Torte?

PELZIG Nee, Schuldgefühle gegenüber dem Vater. Sagt der Freud. Weil den Vater möchte man ja als Kind unbewußt umbringen. Weil die Sau im Vater geht ja ständig an die Torte ran. Weil der Vater ist ja in der Familie wie …

HARTMUT … wie ein Tortenheber!

PELZIG Nee, aber er nascht gern. Der Sohn allerdings möcht auch an die Torte, und das stinkt der Sau im Vater. Obwohl für den Sohn ist die Mutter am Anfang noch mehr Mutter als Torte. Die Frau wird ja für den Mann erst später zur Torte oder vielmehr die Torte wird zur Frau.

DR. GÖBEL Ich bitte Sie. Meine Frau Irmel ist für mich weiß Gott keine Torte.

HARTMUT Nee, das ist ja auch mehr a weng a Cracker!

DR. GÖBEL Das ist doch allerhand! Was fällt Ihnen ein!

PELZIG Ja wenn's daheim nur Cracker gibt, dann muß der Mann eben auswärts für die Torte zahlen.

DR. GÖBEL Ich bitte Sie.

PELZIG Ja, so ist der Mann. Das ist der Trieb, da kann man nix machen. Leider!

HARTMUT Wieso leider? Ich lieb meinen Trieb! Ich sag ja zum Trieb!

DR. GÖBEL Aber zuviel Trieb schadet, mein Bester!

PELZIG Aber zuviel Anstand schadet auch. Weil so a weng muß sich die Sau im Kopf auch mal bewegen können. Sonst wird sie zu fett, und wenn die Sau zu fett wird, erdrückt sie eines Tages den Anstand. Und wenn der Anstand tot ist, dann ist man einfach nur noch ein Saukopf!

Die Wiedergeburt

80 Millionen neue Menschen werden jedes Jahr geboren. Aber vielleicht sind die auch gar nicht so neu. Vielleicht gibt es ja doch so etwas wie eine Wiedergeburt. Und dann wären das lauter alte Kameraden. Wenn es sowas gibt wie Wiedergeburt, dann dürft's eigentlich immer nur gleich viel Menschen geben. Es gibt aber immer mehr Menschen. Also müssen doch die immer mehr Menschen früher etwas anderes gewesen sein als Menschen. Vielleicht Tiere? Dann wäre klar, warum es immer weniger Tierarten gibt und immer mehr Menschen. Daß man vielleicht als Ameise anfängt und sich dann hinaufschafft zum Hirschkäfer, dann zum Krokodil und irgendwann zum normalen Menschen. Und dann muß man ja büßen. Wenn du zum Beispiel ein bissiges Hündle gewesen bist, wirst im nächsten Leben Postbote. Wenn du ein reicher Geizhals gewesen bist, dann wird dir im nächsten Leben keiner mehr was schenken. Wenn du rumgehurt hast, läuft im nächsten Leben gar nix mehr. Wenn das so ist, dann müßte ich früher allerdings verdammt gut drauf gewesen sein. Aber das ist dann die Buße. Man muß für seine Sauereien zahlen. Marianne und Michael müssen im nächsten Leben wahrscheinlich immer die eigenen Platten hören. Oder der dicke Helmut Kohl, vielleicht

wird der als armes dünnes Kind wiedergeboren. Deshalb rate ich Ihnen: Wenn Sie den Kohl mögen, dann spenden Sie schon jetzt mal vorsichtshalber für die Dritte Welt!

Es geht natürlich nicht ewig mit der Wiedergeburt. Irgendwann hat man dann die oberste Stufe erreicht, und dann soll man alle weltlichen Güter von sich geben und sich nur noch dem Geistigen widmen. Oberste Stufe. Vollgeistigkeit. Es gibt ja auf der Welt 385 Milliardäre, die besitzen soviel wie der Rest der Menschheit. Fast 400 Menschen besitzen also genausoviel wie die restlichen 6 Milliarden. Diesen 400 Leuten wünsch ich nicht direkt den Tod. Außer es wär der einzige Weg zur Vollgeistigkeit, weil dann hätten ja alle was von dem Geld. Die wünsch ich auch dem Bill Gates. Aber der Gates wird wahrscheinlich nicht wiedergeboren, sondern nur neu formatiert. Wenn Bill Gates stirbt, dann wird das wie ein Warmstart. Ich mach mir oft Gedanken, als was ich wiedergeboren werd. Weil ich halte das durchaus für möglich, daß man auch als Sache zur Welt kommt. Als Toaster oder so. Weil die Wissenschaftler sagen, in 50 Jahren haben unsere Hausgeräte die Intelligenzstufe der Menschen erreicht. Meine auf alle Fälle. Die Hausgeräte werden dann sogar ein Bewußtsein bekommen. So wie wir. Jetzt frage ich mich, wenn so Hausgerät ein Bewußtsein hat, hat es dann auch ein Unterbewußtsein? Weil das stell ich mir heiter vor: eine psychisch gestörte Waage. Aber wenn das so sein

wird, warum soll man dann nicht in 50 Jahren als intelligenter Staubsauger wiedergeboren werden?

Man wird ja tatsächlich eines Tages mit seinem Staubsauger sprechen können. Oder mit dem Videorecorder. Gut, mit meinem Videorecorder sprech ich heut schon. Aber er versteht mich nicht. Aber ich versteh ihn ja auch nicht. Drum brüll ich meistens mit ihm. Eines Tages wird er antworten können. Vielleicht wird er dann zurückschreien. Aber, was ist, wenn der sich eines Tages wehrt? Wenn der sich von mir nichts mehr gefallen läßt? Was ist, wenn mein Staubsauger womöglich motzt, weil ich kleckere? Oder stellen Sie sich mal ein intelligentes Kaffeemaschinli vor, das weiß, was gut für mich ist und nach der zweiten Kanne sagt: Pelzig, jetzt ist Schluß mit Kaffee! Ein Auto, das einfach nicht losfährt, weil's riecht, daß ich zehn Pilsi intus hab. Eine intelligente Zahnbürste, die mich ohne zu fragen beim Zahnarzt anmeldet! Ein Fernseher, der mir nur Sachen zeigt, die er gut findet. Und wenn ich mir dann noch vorstelle, alle Geräte quatschen ständig mit mir, und ich komm vielleicht gar nicht mehr zu Wort. Und wenn sie nicht mit mir reden, dann vielleicht miteinander. Und wenn die sich dann streiten, der Toaster mit der Zahnbürste – da braucht's keine Kinder mehr. Und überhaupt – vielleicht reden die über mich, wenn ich nicht da bin? Vielleicht lacht mein Staubsauger über mich? Und was ist, wenn der auch hinterfotzig ist und sich mit dem elektrischen Bratenmesser zusammentut? Ich komm heim, und die lauern mir auf? Da ist man irgendwann ganz allein zu Hause und fragt sich: Wem kann ich noch trauen? Hält mein Kühlschrank noch zu mir? Manchmal bin ich mir gar nicht so sicher, ob das alles nicht heute schon so a weng der Fall ist. Kennen Sie das Gefühl: Sie kommen in ein Zimmer rein, und plötzlich sind alle Leute still im Raum, und Sie wissen genau, die haben jetzt gerade über Sie geredet? So geht's mir heute schon, wenn ich in meine Küche neigeh. Totenstille. Und dann spüre ich oft, da war doch was! Und dann seh ich da den Mixer liegen, und der Mixer tut so, als wär nix. Da bekomm ich oft einen Haß, schau auf den Mixer und brüll ihn an: Du Drecksau! Vielleicht ist es schon soweit! Allein, wenn ich mir meine Telefonrechnung betrachte. Das kann gar nicht sein! Ich frag mich oft: Mit wem spricht der Apparat, wenn ich nicht da bin?

Das Christentum

Wissen Sie, ich bin Christ, und ich bleib Christ. Ich bin zwar schon auch offen für andere Religionen. Ich glaub eigentlich alles. Aber das Gute am Christentum ist für mich vor allem das Schweinefleisch. Rahmschnitzel. Paprikaschnitzel. Zigeunerschnitzel. Da hab ich Demut. Allerdings nur mit Kroketten. Vielleicht werden sich ja die großen Weltreligionen eines Tages endlich zusammenschließen. Notfalls zu einer einzigen großen Aktiengesellschaft. Die Christen, die Juden, die Moslems, die Hindus, die Buddhisten. Nimmst noch Aral dazu, wär's ein Mischkonzern. *Sprit and Spirit.*

Selbstgespräche

Manchmal unterhalt ich mich mit mir selbst. Zum Beispiel wenn ich heimkomm bin ich ja meistens der einzige Mensch, der wo auf mich wartet. Dann begrüß ich mich oft selbst. Dann sag ich: »Ja Servus, Pelzig, wie geht's. Wo kommst her?« Und dann antworte ich mir: »Frag doch net so blöd, das weißt du doch!« Da bin ich dann oft sauer auf mich und rede tagelang nicht mehr mit mir.

Von sich selbst bekommt man oft die dümmsten Antworten. Ich unterhalte mich trotzdem gern mit mir selbst. Ich muß mir ja nicht immer antworten. Am liebsten sprech ich mit mir selbst auf Reisen. Grad wenn ich mit dem Zug unterwegs bin. Da guck ich dann gern ausm Fenster und red mit mir selbst, was ich so seh. Dann sag ich: »Da, guck mal dort«. Dann frag ich: »Was?« Dann sag ich: »Na da!« Dann frag ich: »Wo?« Dann sag ich: »Na dort!« Dann antwort ich: »Ich seh nix«. Dann sag ich: »Ist auch schon wieder weg.« Das ist das Dumme, wenn man sich mit sich selbst unterhält.

Fernsehen

Haben Sie gestern abend ferngesehen? Vielleicht war das ein Fehler. Man weiß es nicht. Wären Sie nicht vor dem Fernseher gehockt, hätten Sie vielleicht miteinander, was weiß ich, geredet. Kommt ja vor. Also jetzt nicht nur: »Wo ist denn der Wäschekorb?« Sondern richtig geredet. Mit Niveau. Vielleicht hätten Sie gestern abend mal ein richtig gutes Gespräch gehabt miteinander. Vielleicht hätten Sie gestern abend Ihr Leben verändert, weil gestern abend ausgerechnet in der Zeit der Sendung in Ihrem Hirn ein bestimmter chemischer Prozeß in Gang war, der zu einem guten Gedanken geführt hätte, ein Gedanke, der sich in Worte kleiden und auf Ihre Zunge legen wollte, und Sie haben's nicht zugelassen. Das darf man sich gar nicht vorstellen, wie viele gute Gedanken in den Köpfen der Menschheit schon verhindert worden sind, nur weil der Fernseher lief. Vielleicht hätten Sie gestern abend ein Kind gezeugt. Und Sabine Christiansen hat's verhütet. Natürlich können Sie auch morgen ein Kind zeugen, ich weiß ja nicht, was morgen im Fernsehen kommt, aber dann wird es ein anderes Kind sein, als das Kind, welches Sie gestern gezeugt hätten, wenn Sie nicht abgehalten worden wären. Und dieses Kind, welches Sie gestern nicht gezeugt haben, werden Sie nie mehr zeugen können. Nie mehr. Dieses Kind nicht. Ein anderes schon, aber dieses nicht. Und vielleicht wäre es gerade das Kind gewesen, welches die Welt in 30, 40 Jahren gebraucht hätte.

Ich geb ja zu, vielleicht wäre es auch ein böses Kind geworden. Ein Kind, das Frösche quält und Wettrennen veranstaltet mit Fliegen ohne Flügel. Vielleicht wäre ja das Kind, welches Sie gestern gezeugt hätten, später Diktator geworden oder Massenmörder. Ich denk mir das oft, wenn ich schwangere Frauen sehe, wie sie im Stadtpark auf der Bank hocken und sich an ihren Bäuchen freuen. Dann geh ich oft hin und sag: »Frau, was freust du dich? Was weißt denn du, was da für eine Brut heranreift?« Da ist dann die Empörung immer groß, aber wer beweist mir das Gegenteil? Die alte Hitler hat auch nicht gewußt, was sie da für ein Geschwür zur Welt bringt.

Vielleicht war's wirklich besser, daß Sie gestern abend vor dem Fernseher saßen.

Camping ist der Zustand,
wenn der Mensch
seine eigene Verwahrlosung
als Erholung empfindet.

Ganz normale Leut

PELZIG Diese Neonazis, die werden auch immer mehr. Wo man hinschaut!

DR. GÖBEL Ein besorgniserregendes Phänomen.

HARTMUT Das hätt's beim Hitler so auch net gegeben!

PELZIG Sogar der Sohn von unserem Nachbarn, der Sascha, der ist ja jetzt auch ein Neonazi geworden. So richtig mit Bomberjäckle und dem ganzen Dreck.

DR. GÖBEL Jaja, ich hörte davon. Das ist furchtbar. Die armen Eltern. Nun hat die Tochter schon diese merkwürdige Hauterkrankung und nun das noch.

PELZIG Wirklich. Dabei sind das ganz normale Leut.

HARTMUT Ganz normale Leut.

PELZIG Ganz normale Leut. Und dann wird der Bub Neonazi. Also das versteh ich nicht. Dabei haben die Eltern überhaupt nicht irgendwie so eine Meinung.

DR. GÖBEL Nein nein, in keiner Weise.

HARTMUT Eben. Die haben ja im Grund noch nie eine Meinung gehabt. Das sind ja ganz normale Leut.

DR. GÖBEL Ganz normale Leute.

PELZIG Ganz normale Leut. Ich versteh das nicht. Wo hat der Bub das her?

DR. GÖBEL Ich erinnere mich noch gut an den Jungen. Das war ein aufgewecktes Kind.

PELZIG Ich seh ihn noch da hock im Sandkasten. Er hat ja sogar einen eigenen Sandkasten gehabt mit schönem braunem Sand, also hellbraun, nicht daß Sie mich da falsch verstehen …

HARTMUT Wißt ihr noch? Der Sascha hat doch als Kind das Wort Kartoffel net aussprech gekönn. Hat immer Koffel gesagt. Koffel! Weggeschmissen ham wir uns vor Lachen.

PELZIG Haben wir immer gelacht, jaja.

DR. GÖBEL Jaja. Das war rührend!

PELZIG Hätten wir vielleicht nicht lachen sollen? War das vielleicht der Fehler?

HARTMUT Ich kenn ja die Eltern. Die sind gar nicht so. Besitzen ein eigenes Häusle mit einem Gärtle und einem Törle, Garage, Carport, Biotonne. Ganz normale Leut.

PELZIG Und so ein Salzteig-Namensschildle an der Haustüre.

DR. GÖBEL Ganz normale Leute.

HARTMUT Der Vater fährt einen Hyundai Lantra.

PELZIG Einen Lantra? Das ist ja interessant.

HARTMUT Also durchaus schon auch a weng aufgeschlossen.

PELZIG Dann versteh ich das nicht. Ich mein,

PAULANER

wir haben ja schon alles gehabt in unserer Siedlung: sogar einen Autoknacker. Das war der Sohn vom Doktor...

HARTMUT Genau. Oben im Spitztannenweg.

PELZIG Und kurz darauf dieser Triebtäter!

HARTMUT Der Hausmeister von dem Sozialbunker!

DR. GÖBEL Oh ja, ein gräßlicher Mensch.

PELZIG Aber so einen Neonazi? Das ist neu. Ich versteh das nicht. Wo hat der Bub das her?

HARTMUT Vielleicht von seinem Opa. Der Großvater, den kenn ich noch. Der war so drauf!

PELZIG Nee, den Opa vom Sascha kenn ich ja auch noch. Der ist ja schon gestorben, da war der Sascha noch klein. Und der Opa war auch kein Neonazi, das war ein echter Nazi.

DR. GÖBEL Ganz normale Leute eben.

PELZIG Aber einen Neonazi, der paßt irgendwie überhaupt nicht in unsere Gegend.

HARTMUT Wir sind ja nicht im Osten drüben!

Familie ist der genetische Zusammenschluß von Menschen, die sonst vielleicht gute Feinde geworden wären.

Was ist Fortschritt?

Was ist eigentlich Fortschritt? Soviel Zeug wurde erfunden im 20. Jahrhundert, und ich frag mich dauernd, was war da der Fortschritt? Der »Mars«-Schokoriegel? Die Autobahn? Der Fön? Internet, Satellitenschüsseli? Die Welt wird zum Dorf! Na super. Nur: Ich habe nie auf dem Dorf leben wollen. Weil aufm Dorf, da weiß jeder alles vom andern. Da hängen ja alle immer am Fenster und tratschen. Im globalen Dorf hängen die Leut nicht am Fenster, da hängen sie am Fernseher. Und das bedeutet, wenn jetzt zum Beispiel der Mongole sein Satellitenschüsseli nur so a weng dreht, dann kann er, wenn er will, »Lindenstraße« anschauen. Gut, er wird nix verstehen, aber es reicht doch, daß er die Mutter Beimer sieht. Was glauben Sie, was da in der Mongolei getratscht wird! Oder das Internet. Tausendmal war ich drin in dem Dreckweb. Ich sag Ihnen mal eines zum Internet: Noch niemals zuvor in der Menschheitsgeschichte konnten so viele Idioten so viel Unsinn so schnell so weit verbreiten. Idioten hat's zwar schon immer gegeben in der Menschheitsgeschichte. Aber die wußten wenigstens nix voneinander. Heute können die sich sofort kennenlernen: *www.globaler-volldepp.de* oder noch schlimmer *www.terror.com*. Verstehen Sie mich net falsch. Ich bin kein Gegner vom technischen Fortschritt. Es hat immer Leute gegeben, die gegen alles Neue waren. Die allererste Eisenbahn zum Beispiel, die ist ja seinerzeit zwischen Nürnberg und Fürth umeinandergeschuckelt, und schon damals hat's Leut gegeben, die gesagt haben, daß der Mensch bei Geschwindigkeiten über 30 km/h wahnsinnig wird. Und? Was ist draus geworden? Heute werden wir wahnsinnig bei Geschwindigkeiten unter 30 km/h. Ne, ich bin nicht gegen technischen Fortschritt.

Aber was ist Fortschritt? Das Ende des Kalten Krieges? Die Russen sind jetzt unsere Freunde. Aber wenn ich ehrlich bin: Der Russe als Feind war irgendwie angenehmer. Das muß ich jetzt wohl erklären? Ich hab einen Nachbarn, der ist ein Pflegefall. Eigentlich müßt ich mich kümmern. Was glauben Sie, wie froh ich bin, daß der mich net ausstehen kann. So ähnlich ist das mit den Russen.

Aber was ist Fortschritt? Der Fön? Für meinen Onkel Berti war der Fön kein Fortschritt, weil der ist ihm beim Baden in die Wanne gefallen. Für den Onkel Berti war der Fön ein ausgesprochener Rückschritt. Auf diese Weise bin ich damals dann nicht mit dem Onkel Berti nach Bad Reichenhall gefahren, sondern alleine nach Ungarn an den Platensee. Und dort hab ich die Herta kennengelernt. Meine erste große Liebe. Ohne Fön wär ich vielleicht bis heute ungeküßt. Aber auch ohne Scrabble. Weil die Herta hat »Teflon« legen wollen und das gilt nicht im Scrabble, und da hab ich mich eingemischt, und so haben wir uns kennengelernt. Ohne Fön und ohne Teflon hätten wir uns gar nicht treffen können. Die Bekanntschaft mit der Herta hab ich im Grund der Raumfahrt zu verdanken, weil durch die Raumfahrt ist erst das Teflon erfunden worden. Sonst hätte sie vielleicht »Vogelhaus« legen wollen. Und mit dem Vogelhaus wären wir nicht ins Gespräch gekommen, weil »Vogelhaus« ist erlaubt im Scrabble. Allerdings: Um Teflon legen zu wollen, hat's ja erstmal ein Scrabble gebraucht. Hätten wir Mau Mau gespielt, wär's völlig wurscht gewesen, ob's Teflon gibt. Insofern war's eine große Fügung: Fön, Raumfahrt, Teflon, Scrabble. Ich hab die Herta sehr lieb gehabt. Ist dann aber nix geworden mit ihr. Ging gar nicht, weil die Herta war aus der DDR und mußte wieder heim. Hätt's keine DDR gegeben, hätte ich jetzt vielleicht Kinder. Ohne Mauer hätte die Herta ja überall hinfahren können. Auch nach Bad Reichenhall, wo ich eigentlich mit meinem Onkel Berti hinwollt. Dann hätte ich sie auch dort treffen können. Vorausgesetzt, der Onkel Berti hätte keinen Fön gehabt. Oder eine Glatze. Sonst wär die Herta womöglich in Bad Reichenhall gewesen und ich in Ungarn.

Aber was ist Fortschritt? Die Autobahn? Vielleicht schon. Andererseits: So ein Goethe hätte doch seine italienische Reise gar nicht so schreiben können, wenn's damals schon Autobahnen gegeben hätt. Was wäre da rausgekommen? Goethes Raststättenführer? Wer weiß, was heute nicht geschrieben wird, weil's eine Autobahn gibt?

Also, was ist Fortschritt? Und kann man den

Fortschritt messen? Ich hab mal versucht, den Fortschritt zu messen. Ich hab's mal verglichen beim Weitsprung. Weltrekord im Weitsprung im Jahr 1900: 7,50 Meter. Weltrekord im Weitsprung hundert Jahre später: 8,95 Meter. Das ist ein Unterschied von gut 1,50 Meter. 1,50 Meter in hundert Jahren. So toll ist das nicht. Einen großen Fortschritt hat's nur beim Hammerwerfen gegeben: Da sind's fast 40 Meter mehr als vor hundert Jahren. Aber das ist auch wieder typisch für die Menschheit. Den größten Fortschritt macht sie bei der sinnlosesten aller Tätigkeiten. Weil wer wirft mit einem Hammer? Weitspringen hätt ja noch einen Sinn. Aber bei 1,50 Meter in hundert Jahren – ich hab's mal ausgerechnet: wenn das in dem Tempo weitergeht, dann brauchen wir noch ungefähr 180000 Jahre, bis wir wirklich mal nennenswerte Strecken springen können. Zum Beispiel München – Würzburg. 180000 Jahre! So lange sind wir noch auf die Deutsche Bahn angewiesen.

Obwohl, gemessen an der Evolution sind 180000 Jahre sehr wenig. Das waren ja Milliarden Jahre. Vom Urknall bis heut. Der Urknall – ein Furz des Universums, ein kosmischer Koffer. Als Christ könnte man sagen, eine Blähung des Schöpfers. Der liebe Gott hat uns einfach fahren lassen. Und dann hat die Evolution begonnen. Ganz langsam, extrem langsam. Die Evolution ist wie der Öffentliche Dienst. Also nicht ganz. Im Vergleich zum Öffentlichen Dienst reagiert die Evolution ja eher hektisch. Aber im Grund ist die Evolution ein Depp. Sonst hätt sich die Menschheit nicht so planlos entwickelt. Überlegen Sie mal: Am Anfang vom 20. Jahrhundert waren wir zwei Milliarden Leute. Jetzt sind wir sechs Milliarden Leute. Vier Milliarden sind in hundert Jahren dazugekommen. Jedes Jahr 80 Millionen neue Menschen, pro Sekunde drei neue Menschen, pro Minute 180 neue Menschen.

Aufgemerkt: In der gleichen Zeit, in einer Minute, entstehen weltweit auch genau 120000 »Mars«-Schokoriegel. 180 Menschen zu 120000 »Mars«-Schokoriegel. Das Verhältnis klingt günstig. Nützt aber nix, weil so ein »Mars« ist ja nur für den kleinen Hunger zwischendurch. Und den haben ja nur wir. Aber gerade in den überbevölkerten Ländern kennen sie keinen kleinen Hunger, weil die haben meistens großen Hunger. Die müßten ja erstmal den großen Hunger wegbekommen, um – wie wir – den kleinen Hunger haben zu können. Jetzt erklären Sie bitte mal im globalen Dorf einem Zimbabwerer, der wo sein Satellitenschüsseli a weng gedreht hat, was das ist, kleiner Hunger zwischendurch! Wir wissen das: Zwischen Gulasch und Schnitzel paßt bei uns noch eine Geleebanane. Aber das gilt doch nur hier, aber nicht dort. Das ist doch kein Fortschritt!

Dieses Afrika ist im Grund immer noch überhaupt nicht snacktauglich. Da sollte man glatt mal was unternehmen, weil sonst werden die eines Tages total böse und dann gibt's noch mehr Krieg und Terror, und eines schwör ich Ihnen: Irgendwann fliegen die Hämmer!

Heimat ist dort, wo ich herkomm,
wo mich jeder kennt.
Wo ich über die Straße geh,
und jeder sagt: Hau ab!

Die Gen-Geschichtli

Immer mehr alte Menschen werden immer älter, und die immer weniger jungen schauen dadurch immer früher immer älter aus. Früher sind sie früher alt gewesen. Darum sind sie früher auch früher gestorben. Heute werden sie immer älter und bleiben trotzdem jünger. Das liegt an der modernen Medizin und an der Pflege. Was es alles gibt, Beauty-Creme und so. Obwohl, bei den meisten alten Leuten ist Beauty-Creme auch nur wie Seidenmalerei aufm Kartoffelsack. Bitte, ich sag jetzt nix gegen das Altwerden. Alt werden ist etwas Wunderbares. Auch junge Menschen werden älter. Das Altern als Junger ist natürlich angenehmer, als wenn man als Alter älter wird. Aber das muß nicht so bleiben. Weil die Wissenschaftler haben jetzt sogar das Altersgen entdeckt. Bei einem Wurm. Dann haben die an dem herumgeschraubt, und jetzt kann der Wurm nicht mehr älter werden. Das nützt dem Menschen momentan noch nix. Es sei denn, er hat Würmer. Aber das ist ja auch nur der Anfang. Weil diese ganzen Gen-Geschichtli, was da in der Zukunft möglich sein wird. Weil wir haben ja für alles ein Gen: Fürs Schönsein gibt's ein Gen. Fürs Schlausein gibt's ein Gen, fürs Dünnsein gibt's ein Gen. Fürs Klavierspielen gibt's ein Gen. Und wenn nun so ein Forscher ein Gen entdeckt hat, dann möchte er sich das am liebsten patentieren lassen. Dann gehört dem praktisch das Gen. Und das bedeutet, ein Pärli, das wo in der Zukunft ein Kind plant, geht als erstes zum Genberater, also zum Kindsplaner, und plant seine Brut wie eine Küche. Dann fragt der Kindsplaner, also der Genberater: »Und wie wär's? Sollen wir Ihrem Kind auch das Gesundheitsgen mitgeben auf den Lebensweg?« Das Gesundheitsgen wird natürlich teuer. Weil das wollen alle haben. Wer finanziell schwach ist auf der Brust, wird sich das Gesundheitsgen für seinen Nachwuchs vielleicht gar nicht ohne weiteres leisten können. Oder man streicht in solchen Fällen ein anderes Gen. Aus Kostengründen. Das Klaviergen könnte man streichen. Lieber gesund und unmusikalisch, als beim Klimpern immer husten müssen. Man kann's, wenn man will, in der Zukunft wahrscheinlich so genau planen, daß man schon bei der Geburt weiß: Mein Kind wird genau 71 Jahre alt. Das erleichtert doch den Eltern die Lebensplanung, wenn die wissen, die Erbpacht fürs Haus läuft zwar aus, aber der Bub ist dann sowieso schon tot. Man kann's aber auch, wie bisher, dem Zufall überlassen. Daß man einfach mal schaut, was rauskommt: die schwangere Frau als Wundertüte. Wenn dann nach der Geburt irgendwas nicht paßt am Nachwuchs, macht nix. Es läßt sich auch noch hernach a weng was korrigieren, die Medizin bleibt ja nicht stehen. Allein die Organzucht – was da in der Zukunft möglich sein wird, das ist schon unglaublich. Irgendwann holen wir uns die Nierli im

Sechserpack aus der Norma. Und eines Tages hat jeder Mensch sein eigenes Humanoid. Ein Humanoid ist wie ein Mensch, nur Hirn hat es nicht. Ich weiß nicht, wo so ein Humanoid dann lebt, bis es gebraucht wird. Vielleicht in der Garage, vielleicht im Garten. Aber wenn dann eines Tages das Raucherbein wegfault, dann geht man hin und holt sich's. Natürlich ist es für den Humanoid irgendwann nicht mehr gar so lustig. Also wenn zuviel fehlt. Aber es kann ja nicht meckern. Es muß sich ja alles gefallen lassen. Das ist das Gute am Humanoid, weil es hat ja kein Hirn. Das ist auch das Schlechte, weil es das wichtigste Ersatzteil nicht hat: Hirn. Aber das ist im Grund auch kein Problem, weil wissen Sie, was bald möglich sein wird? Kopfverpflanzung. Das ist kein Witz. Die Wissenschaftler verpflanzen bald den ersten Kopf! Sobald das möglich ist, hol ich mir einen Kopfspenderausweis. Ich stell meinen Kopf zur Verfügung! Allerdings nur mit Hütli. Und mit Einschränkung. Ich will nicht auf jeden Körper. Als Kopf kann ich da wohl noch ein Wörtli mitreden. Als Niere ist es mir egal, wo ich reinkomm, aber als Kopf kommt's mir schon drauf an, wo ich drauf komm. Ich möchte zum Beispiel nicht auf den Körper von einer Frau. Weil da wär ich vom Kopf her gar nicht drauf vorbereitet. Andererseits: Die Gedanken von einem Mann auf dem Körper einer Frau? Hat was. Müßt man nicht mehr fragen. Aber wenn ich's mir so insgesamt vorstell, nein, auf eine Frau will ich nicht. Obwohl ich sagen muß, wer meinen Kopf be-

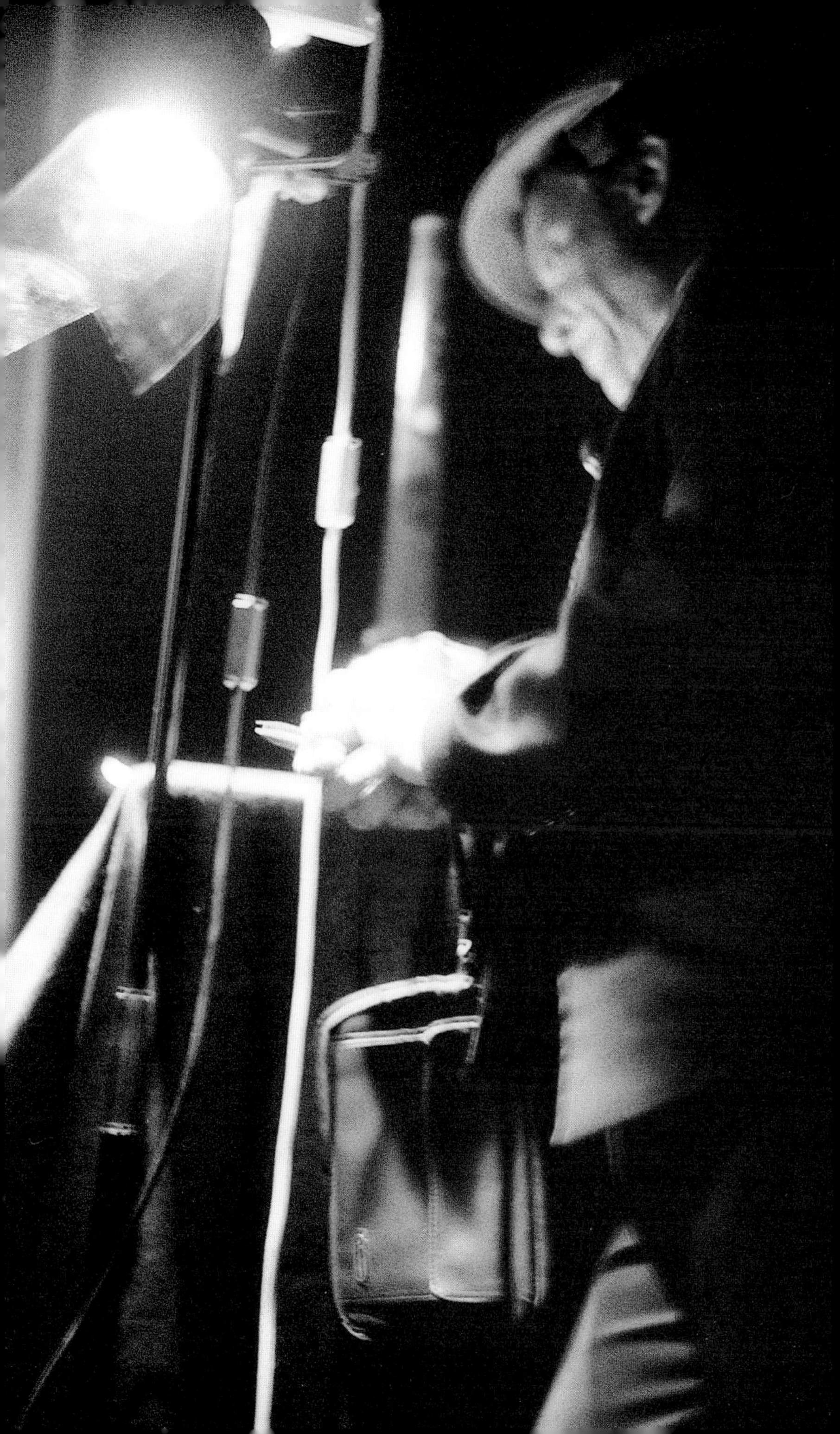

kommt, hätt im Grund auch a weng Glück. Weil mein Kopf ist äußerst gepflegt, auch innen. Ich möchte jetzt nicht sagen, kaum gebraucht, aber auf jeden Fall voll in Schuß.

Seinen Kopf innen zu pflegen, ist gar nicht so einfach. Es war noch nie so schwer wie in dieser Zeit. Das liegt am Fernsehen. Fernsehen macht Flecken. Im Kopf. Wenn in Amerika ein Kind 18 Jahre alt wird, hat's bis dahin im Schnitt schon 40000 Leichen gesehen. Ohne Nachrichten. 40000 Leichen im Kopf – und da wundert sich der Ami, daß seine Brut hin und wieder zum Gemetzel neigen tut. Aber bei uns ist das auch nicht viel besser. Deshalb habe ich immer Sorge, daß alles, was man da sieht und hört im Fernsehen, daß das in meinen Kopf reingeht und dann vielleicht nicht mehr rausgeht. Einmal kurz nicht aufgepaßt und zack, schon hängt mir irgend so eine Naddel im Hirn. Und Naddel im Hirn zu haben, das ist wie ein toter Fisch hinter der Heizung. Ich möcht schon, daß in meinem Gehirn Ordnung herrscht. Ich brauch mein Hirn zwar nicht dauernd, aber aufm Dachboden bin ich ja auch nicht jeden Tag, und trotzdem möcht ich nicht, daß da oben zuviel Gerümpel rumsteht. Genauso ist es mit dem Hirn. Man soll's freihalten, falls man's mal braucht. Ein freier Dachboden ist wie ein freies Gehirn. Auf dem Dachboden kann man Wäsche trocknen, im Gehirn Gedanken aufhängen. Das geht natürlich nicht, wenn da oben immer der Mann von der Hamburg Mannheimer rumhängt. Oder die Testflüssigkeit von Always Ultra. Oder der Lifta-Treppenlift. Ich will eben keine alten Frauen im Kopf haben, die mit dritten Zähnen Mohnbrötli essen wollen!

Jetzt ist natürlich so ein Gehirn groß. Und nur 10 Prozent vom Gehirn nutzt der Mensch. Die restlichen 90 Prozent sind frei, und die könnte man dem Fernsehen durchaus zur Verfügung stellen, damit die da ihre Ablagerungen vornehmen könnten. Aber mein Kopf ist keine Problemmülltonne! Natürlich möchte ich Leut im Köpfle haben. Leute wie Nelson Mandela. Oder a weng den Goethe.

Oder Einstein. Dem Albert Einstein würd ich meine ganze linke Gehirnhälfte zur Verfügung stellen. Die Naddel bring ich in einer Zelle unter, aber dem Einstein kann ich gar nicht zumuten, in meinem Kopf zu bleiben, wenn irgend so ein Fernsehkoch ständig rumsabbert und mit den Töpfen klappert. Das einzige, was manchmal hilft gegen unerwünschten Hirnbesuch, das ist das Saufen. Weil Saufen tötet ja Gehirnzellen, und wenn man Glück hat, erwischt es genau die Zelle, wo die Naddel drinsteckt.

Pisa

In der Pisa-Studie steht, daß die Deutschen blöd sind. Und die Finnen schlau. Das hat mich schon a weng beunruhigt. Dann hab ich aber irgendwo gelesen, in Finnland gäbs eine extrem hohe Selbstmordquote. Da führ ich dann doch lieber ein langes blödes Leben. Das ganze deutsche Bildungsystem soll jetzt aber verändert werden. Bis jetzt allerdings weiß noch keiner, wie. Ich glaube, das Schulsystem muß so werden wie die Sendung »Wer wird Millionär«. Da sieht man endlich, was Wissen bringt: Bares. Bei den Einschaltquoten von »Wer wird Millionär« versteh ich sowieso net, daß sich so ein junger Mensch von seinen Lehrern noch blöd ausfragen läßt, ohne wenigstens 1500 Euro mit heimzunehmen. Das wäre doch eine ganz andere Motivation. Und die große Kohle gibt's dann beim Abitur. Sagen wir mal, pro bestandenes Prüfungsfach gäbs 10000 Euro auf die Hand und steuerfrei. Bei vier Fächern wären das 40000 Euro. Könnte auch durchaus noch mehr sein. Hauptsache Geld. Geld statt Noten. Noten von der Notenbank.

Aus A wird U

PELZIG Die Zukunft hat sich früher viel mehr Zeit gelassen. Heute geht alles so schnell, und ich frage mich immer: Bin ich fit für die Zukunft? Ich hab so eine Panik, daß ich nicht fit bin für die Zukunft. Daß ich eines Tages aufwache, die Zukunft steht am Bett und sagt: Pelzig, bleib liegen. Aber Sie, Herr Dr. Göbel, Sie als alter Mensch, haben da sowieso keine Chance mehr.

DR. GÖBEL Na, ich zähle mich durchaus zu den jungen Alten.

HARTMUT So jung können Sie gar net alt werden, daß Sie das schaffen können.

DR. GÖBEL Ich werde mich schon zurechtfinden.

PELZIG Das weiß ich nicht, ob Sie sich da noch zurechtfinden. Haben Sie zum Beispiel gewußt, daß die Mannheimer Straße neuerdings Merseburger Straße heißt?

DR. GÖBEL Nein, das wußte ich nicht, aber…

PELZIG Sehen Sie, da geht's schon los.

HARTMUT Genau, da geht's los!

DR. GÖBEL Ich bitte Sie, das ist doch in diesem Zusammenhang wirklich lächerlich!

PELZIG Nee nee, bei sowas geht's schon los.

HARTMUT Und die frühere Merseburger Straße heißt jetzt Klingenstraße …

PELZIG Wo die Araltankstelle ist.

HARTMUT Was früher die BP gewesen ist.

PELZIG Gegenüber vom Wertkauf.

HARTMUT Was jetzt der WalMart ist.

DR. GÖBEL Ja, und die frühere Klingenstraße?

PELZIG Die heißt jetzt Spitztannenweg.

DR. GÖBEL Aber das kann doch nicht sein. Ich wohne ja am Spitztannenweg.

HARTMUT Nee, Sie wohnen jetzt am Sportplatz.

PELZIG Genau. Am Sportplatz.

DR. GÖBEL Aber das ist doch nicht möglich. Als ich heute morgen das Haus verließ, hieß der Spitztannenweg noch Spitztannenweg.

PELZIG Ja, wie gesagt, das geht alles sehr schnell heutzutag. Da muß man sich ganz neu orientieren.

HARTMUT Da muß man flexibel sein.

DR. GÖBEL So ein Unsinn. Ich habe darüber kein Wort gelesen im Tageblatt.

PELZIG Das ist klar, weil das Tageblatt heißt jetzt Volkszeitung.

HARTMUT Und ist in der Wagnerstraße.

PELZIG Was früher Ringstraße geheißen hat.

HARTMUT Wo um die Ecke der Pizzaservice ist.

PELZIG Der Pizzaservice macht aber jetzt mobile Altenpflege.

HARTMUT Da oben müssen Sie aufpassen, weil da steht keine Ampel mehr, die hams abgeschafft.

PELZIG Wegen Eigenverantwortung der Bürger. Da gilt jetzt rechts vor links.

HARTMUT Nee, links vor rechts, das ist auch geändert.

DR. GÖBEL Was soll denn das? Sie reden und reden und reden und bringen mich hier völlig durcheinander.

PELZIG Sie müssen flexibel sein, das ist heutzutag das U und A!

DR. GÖBEL Jetzt schnattern Sie mir doch nicht so ins Ohr hinein. Das U und A, so ein Unsinn. Wenn Sie schon Redensarten verwenden, dann sollten Sie diese korrekt verwenden. Das A und O sagt man. Etwas ist das A und O!

PELZIG Ja schon. Aber nach der nächsten Rechtschreibreform wird ja aus A ein U.

HARTMUT Und aus E wird O.

PELZIG Aus I wird E.

HARTMUT Aus U wird I.

PELZIG Und aus O wird A.

HARTMUT Genau.

HARTMUT Und die Irmel heißt dann nicht mehr Irmel, sondern Urmel.

PELZIG Nee, falsch! Aus I wird E. Die Irmel heißt dann Ermel.

HARTMUT Göbel, dann können Sie mal a weng unter die Ermel greif …

PELZIG Eigentlich heißt sie sogar Ermol.

DR. GÖBEL Sie haben einen so primitiven Humor.

Und immer finden sich ein paar Esel, die lachen.

PELZIG Und aufgemerkt, das Taxi heißt dann nicht mehr Taxi sondern Tuxe.

HARTMUT Müssen Sie a Tuxe rifon …

PELZIG Hum Seo deo Tuxenimmor?

DR. GÖBEL Wie? Was? Bitte?

PELZIG Ich meine, ham Sie die Taxinummer? Nee, war nur ein Späßli! Späßli halt …

DR. GÖBEL Was sollen denn diese Narreteien! Das ist doch allerhand. Ich hatte beste Laune, und Sie reden auf mich ein und machen mir angst. Was soll denn das?

PELZIG Aber wir habens doch net bös gemeint.

HARTMUT Eben. Fast gut meinen wir's …

DR. GÖBEL Was ist denn das für eine Zeit, in der man sich auf nichts mehr verlassen kann. Ich kann dem oft nicht mehr folgen.

PELZIG Sehen Sie, das sagen wir ja!

DR. GÖBEL Jaja. Vielleicht haben Sie ja recht. Vielleicht passe ich ja wirklich nicht mehr in diese Welt. Vielleicht ist es ja für mich wirklich an der Zeit, allmählich die letzten Dinge zu richten, um schließlich eines Tages vorbereitet den letzten schweren Gang anzutreten …

PELZIG Ja, Moment. So ham wir das net gemeint …

HARTMUT Aber obacht gell, der Friedhof ist jetzt bei der Kläranlage!

Humankompatibilität

Im zwischenmenschlichen Bereich hat sich ja viel verändert in den letzten hundert Jahren. Jedenfalls in der Humankompatibilität. Da sind heutzutage ganz andere Kombinationen möglich als früher. Heutzutage können zum Beispiel Frauen Frauen heiraten und Männer Männer. Das ist jetzt total normal für den, der's mag. Die Kirche ist natürlich dagegen, das ist klar. Die Kirche weiß auch, wenn Schwule jetzt heiraten, dann läßt sich das Zölibat wirklich nicht mehr lange halten.

Bleiben wir mal bei der Kirche. Zum Beispiel ein Katholik mit einer Protestantin ist überhaupt kein Problem mehr heutzutage. Oder: Ein schwarzer Mann und eine weiße Frau. Heutzutage in Deutschland kein Problem mehr. Bleiben vielleicht nur besser im Haus. Ich möchte sogar so weit gehen zu sagen: Ein Professorentöchterli mit einem Waschstraßenaushilfsangestelltensohn – überhaupt kein Problem mehr von der Standeskompatibilität her gesehen. Probleme gibt's doch heute erst, wenn der Mann eine Stereoanlage von Bang und Olufsen besitzt, seine Freundin kauft aber alles in der Neckermann-Technik-Welt. Das paßt net. Also die Steckerli täten passen, aber net das Bewußtsein.

Oder sagen wir mal so: Sie trägt Nike-Schläppli

und er Birkenstock-Sandalen. Das geht nicht. Wegen der Imagekompatibilität. Vielleicht gibt's deswegen auch immer mehr Singles? Weil's so schwer ist für die jungen Leut, einen Partner zu finden, wo die richtigen Schuhe anhat. Und selbst wenn das paßt, es muß ja auch noch woanders passen, und zwar im Sexuellen. Aber ich kenn Männer, die sagen, die Frau find ich klasse, aber ich geh net rein in ihr Quelle-Bett. Dann mach ich's mir lieber allein auf der Designer-Couch. Da wird noch mancher eines Tages sehr traurig feststellen müssen: Mein Fuß schwitzt zwar stilvoll im Designer-Söckli von Versace, aber keiner ist da, der's riecht.

Einsamkeit ist überhaupt der Markt der Zukunft. Weil's immer mehr einsame Menschen geben wird, die keinen mehr haben, der zuhört. Das ist ein Markt! Da wird's bald professionelle Zuhörer geben, die sich jeden Dreck anhören. So wie es jetzt schon Frauen gibt, die nachts an der Ecke stehen für das körperliche Zeug, so wird's Menschen geben, die an der Ecke stehen nur zum Zuhören. Kopfnutten sozusagen! Weil der Mensch möchte ja nicht nur untenrum, sondern auch obenrum ab und zu was loswerden. Zuhören als Beruf wär durchaus ein Jöbli für mich. Weil ich einer bin, wo selbst nicht so viel spricht. Ich würd's Ihnen billig machen.

Zuhören wird noch ein riesiger Markt. Und wie lautet die zentrale Frage in der modernen Dienstleistungsgesellschaft? Die Fragen lautet: »Was kann ich für Sie tun?« Schon heute hört man diese Frage in jedem Laden und an jedem Telefon: »Was kann ich für Sie tun?« Mich nervt das. Da ist mir die Deutsche Bahn oft lieber. Da rufe ich an und dann sagen sie gleich: »Wir können nichts für Sie tun!« Was kann ich für Sie tun? Aber das werde ich nie als Mensch gefragt, sondern immer nur als Verbraucher. Als Mensch fragt mich keine Sau, was kann ich für Sie tun? Als Verbraucher ständig. Andererseits es ist schön, daß überhaupt mal einer fragt. Mir ist das eigentlich auch wurscht, warum einer freundlich ist. Hauptsache, er ist freundlich. Und wenn ich schon als Mensch nicht ernstgenommen werde, dann wenigstens als Verbraucher. Als Verbraucher hab ich doch eine ganz andere Macht als als Mensch. Als Verbraucher hab ich Kaufkraft. Die Kaufkraft ist die Macht des Verbrauchers, weil's soviel Zeug gibt, was der Verbraucher im Grund nicht braucht, und je mehr der Verbraucher nix von dem kauft, wo er meint, daß er nicht braucht, umso freundlicher sind alle, damit er am Ende doch meint, daß er braucht, wo er meint, daß er nicht braucht, daß er's dann kauft.

Verbraucher und Menschen, das sind zwei Welten. Der Mensch heutzutage kommt immer noch daher mit Liebe und Gefühlen und dem Zeug. Liebe! »Ich will immer zu dir halten in guten wie in schlechten Tagen.« Steht ja immer im Kleingedruckten. So eine Klausel würde ein Verbraucher mit einem Verbraucherbewußtsein niemals unterschreiben. Das ist ja schon fast sittenwidrig. »Immer zu dir halten, auch in schlechten Tagen.« Damit soll der Konsument garantieren, daß ihm das zu erwerbende

Produkt auch dann noch gefällt, wenn's hin ist. Würden Sie einen Staubsauger kaufen auf Vertrauensbasis, ohne Garantie? Nee, aber der Mensch läßt sich auf Beziehungen ein, die länger dauern sollen, als ein Staubsauger jemals halten kann. Die Stiftung Warentest weiß schon, warum sie keine Ehen vergleicht. Oder Kinder. Kinder passen überhaupt nicht rein ins Verbraucherbewußtsein. Weil der Verbraucher will ja nur Sachen haben, die er auch wieder umtauschen kann. Ein Montagsauto sollte man zurückgeben können, auf einem Montagskind bleibt man hocken, ein Leben lang. Verbraucher und Menschen, das sind zwei Welten. Deshalb ist der Verbraucherschutz allaweil auch viel wichtiger als die Menschenrechte. Ich glaube, die ganze Weltgeschichte in unserem Jahrhundert wär völlig anders gelaufen, wenn die Menschen schon immer Verbraucher gewesen wären mit einem Verbraucherbewußtsein. Dem modernen Verbraucher fehlt doch schon dieses enorme Aggressionspotential seiner Väter und Großväter. Ein gewisses Aggressionspotential ist zwar auch beim Verbraucher vorhanden, aber er möchte dann schon selbst entscheiden, wo er kämpfen soll gegen Engländer oder Franzosen, und in so einem Fall klopft man sich nicht gleich ums Elsaß – da geht's in erster Linie mal um einen Liegestuhl. So wie wir. Denken Sie zum Beispiel an die Menschen im Ersten Weltkrieg. Das waren keine Verbraucher, das waren Patrioten. Mit einem modernen Verbraucher wäre doch so ein Krieg heutzutage gar nicht zu machen.

Wenn heutzutage zum Beispiel so ein Kaiser Wilhelm kommen tät mit der Idee für einen Weltkriegsevent, dann würden doch die meisten Verbraucher sagen: »Moment mal, Meister Willi! Tut mir leid, aber nächste Woche ist Kirschblütenfest bei die Mitsubishi und hernach Möbel-Mutschler-Erlebnisshopping mit Hummeressen und Kinderschminken.« Und was heißt hier »Krieg«? Am End ist man tot, das ist dann extrem schlecht fürs Image. Der Verbraucher ist ja auch ganz anders eingebunden als der Patriot. Wenn morgen Krieg wär und ich müßt hin, ich müßt ja erstmal zwei Gefriertruhen abtauen. Dann müßt ich die Zeitschaltuhr einstellen fürs Licht: Falls der Feind ins Land kommt, daß der dann denkt, Mist, es ist jemand daheim. Dann müßt ich den Videorecorder programmieren. Der Erste Weltkrieg hat vier Jahr gedauert. Das wären über 200 Folgen »Lindenstraße«. Da kommt man ja nach dem Krieg nie mehr rein in die Handlung.

Vier Jahre! Der Verbraucher müßte spätestens nach zwei Jahren wieder heim, also schon wegen dem TÜV. Und dann waren die ja damals praktisch vier Jahre nicht erreichbar. Das könnte sich heute niemand mehr leisten. Höchstens mit einer Rufumleitung ins Feld. Die Schlacht möchte ich sehen, wenn's ständig piepst, und jeder denkt: »Hoppla, war das meins?« Oder: Kaiser Wilhelms Kriegserklärung am 1. August. Hauptferienzeit! Die Straßen sind voll. Eine Kriegserklärung am 1. August würde heute schon am ADAC scheitern. Irgendwie ist der ADAC schon auch eine große Friedensbewegung.

Peng!

Hat sich die Welt verändert durch den 11. September? Manche Sachen vielleicht schon. Jedenfalls in meiner Nachbarschaft. Da herrscht seit dem 11. September doch ein gewisses Mißtrauen zwischen den Leuten. Viele schauen sich jetzt immer so merkwürdig an und überlegen, bist du vielleicht ein Schläfer? Und wenn du ein Schläfer bist, für wen schläfst du? Schläfst du für den Taliban oder schläfst du für den Verfassungsschutz? Das Mißtrauen ist spürbar. Nicht gegenüber jedem, aber bei mir gegenüber wohnt zum Beispiel so ein junger Araber, der Jussuf. Ein ganz netter Kerl. Lebt schon viele Jahre in Deutschland, spricht einen Super deutsch und ist immer freundlich und höflich und hilfsbereit. Also insgesamt kann man sagen, der Jussuf ist total integriert. Total unauffällig. Irgendwie verdächtig. Ich hab zu ihm schon gesagt: Jussuf, wenn du wenigstens mal ein Auto gestohlen oder mal eine Mülltone angezündet hättest. Wenn du uns Deutschen gezeigt hättest, du hast nix zu verbergen, du eckst auch mal an. Jussuf hat dann wissen wollen, ob er jetzt ein Auto stehlen muß, um für den Otto Schily unverdächtig zu werden? Ehrlich gesagt: Besser wär's.

Irgendwie hat sich doch vieles verändert. Aber die schlimmste Veränderung betrifft die Bundeswehr. Heute noch Afghanistan, morgen in Kuwait und übermorgen sonst noch wo. Vielleicht wieder in Somalia. Obwohl Somalia gar nicht so schlecht wäre, weil da war die Bundeswehr schon mal vor ein paar Jahren. Damals waren sie allerdings nur humanitätig tätig. 1500 deutsche Soldaten haben damals in Somalia den Nachschub gesichert für die Inder. Allerdings waren damals nur sieben Inder da. Die sollen alle sieben sehr zufrieden gewesen sein. Aber jetzt muß die Bundeswehr wieder echten Krieg führen. Das können die deutschen Streitkräfte gar net. Ich will jetzt nix sagen gegen unsere Soldaten. Das sind klasse Kerle. Ich traue denen auch durchaus was zu. Die können im Suff durchaus mal ein Zugabteil auseinandernehmen. Aber Krieg führen? Die Bundeswehr hat überhaupt kein Geld für den Krieg, weil sie pleite ist. Die Bundeswehr spart überall an allem, sogar an Toilettenpapier! An Gerät! An Munition! Da muß der deutsche Soldat dann aus Kostengründen oft schon »Peng« rufen. Das funktioniert im Ernstfall nur, wenn alle »Peng« rufen. Gegen wen sollen die denn bitte kämpfen? Theoretisch könnten die Bundeswehr gegen die Russen kämpfen, weil die russische Armee ist auch pleite. Die hat zwar noch Munition, aber keinen Sprit mehr für ihre Panzer. Das wär ein Krieg. Der russische Soldat sitzt im stehenden Panzer und murmelt »brm brm brm« und der deutsche Soldat kommt im fahrenden Panzer und ruft »Peng«. Da lacht sogar der Taliban!

Evolution ist die Entwicklung
vom Tümpel hinein
in den Fernsehsessel.

Die Schnüffler

PELZIG Was halten Sie jetzt von folgender Geschäftsidee: Man gründet einen »Infocenter« und für dieses »Infocenter« arbeiten moderne »IMs«, also »Informelle Mitarbeiter«. Oder eigentlich müßten die »IIMs« heißen: »Informelle, industrielle Mitarbeiter«. Die halten einfach mal so a weng die Augen offen in der Nachbarschaft und in der Familie, im Freundeskreis und unter Arbeitskollegen, wer sich ein neues Auto keff will, wer einen Videorecorder braucht, wer sein Haus streichen lassen will, wer einen Urlaub plant. Das schreiben die alles heimlich mit – mit Namen und Adressen von den Leuten. Der »IM« meldet das im Infocenter, bekommt dann ein paar Bonuspunkte, und Industrie und Handel könnten dann diese Leute ganz gezielt und ganz direkt ansprechen. Wenn das Millionen Deutsche machen täten, was da an Informationen zusammenkäm und was Industrie und Handel aus diesen Informationen machen könnten, das wär enorm!

DR. GÖBEL Na also, Gott bewahre! Schon jetzt wird man ja belästigt mit soviel Reklame. Mein Postkasten quillt zur Zeit wieder über von lästiger Reklame.

PELZIG Ja, bei Ihnen ist das klar. Weil Sie planen ja einen neuen Wintergarten. Bei Ihnen sind das Prospektli für Wintergärtli, oder?

DR. GÖBEL Jaja, genau.

HARTMUT Jaja. Ihr Wintergarten, stimmt, habens da immer noch nix unternommen, hä?

DR. GÖBEL Nein, aber erst heute morgen wieder erhielt ich einen unangemeldeten Vertreterbesuch deswegen, schon der fünfte in dieser Woche. Ein merkwürdiger Zufall.

PELZIG Jaja, Zufall, ne.

HARTMUT Jaja. Mordszufall, hö.

DR. GÖBEL Jaja.

HARTMUT Hö.

PELZIG Jaja.

DR. GÖBEL Sagen Sie, was soll das denn? Wieso soll das kein Zufall sein?

HARTMUT Naja. Vielleicht hat ja Ihre Frau, die Irmel, geredet, die alte Plaudertasche.

DR. GÖBEL Unsinn. Irmel doch nicht. Meine Irmel ist äußerst loyal und kommt kaum aus dem Haus. Nein nein, das muß alles Zufall sein, denn sonst wußte ja niemand von meinen Absichten bezüglich des Wintergartens...

PELZIG Nee nee …

HARTMUT Jaja …

PELZIG Eben.

HARTMUT Genau. Keine alte Sau hat was gewußt.

DR. GÖBEL Obwohl, wenn ich es mir recht überlege, ich meine, mit Ihnen sprach ich ja auch ausführlich über meine Pläne.

HARTMUT Nee, die Irmel wird's gewesen sein, die falsche Schlange!

DR. GÖBEL Das verbitte ich mir. Nein nein, Moment mal, in mir reift langsam ein übler Verdacht …

HARTMUT Jetzt net weiterdenken, Meister.

DR. GÖBEL … daß Sie beiden Spitzbuben mich womöglich ausschnüffeln!

HARTMUT Machen Sie mal halblang, Meister.

PELZIG Was heißt ausschnüffeln?

DR. GÖBEL Ausschnüffeln heißt, daß Sie diese merkwürdige Geschäftsidee bereits in die Tat umgesetzt haben und weitergeben, was ich Ihnen in privater Runde anvertraue.

PELZIG Was heißt anvertrauen? Wenn Sie einen neuen Wintergarten wollen, dann ist das doch kein Staatsgeheimnis, oder? Kann man wohl mal ein paar Takte drüber reden.

DR. GÖBEL Also stecken Sie doch dahinter!

PELZIG Es ist ja alles noch im Versuchsstadium, ein Testlauf! Wir haben ja höchstens vierzig Leute im Visier.

DR. GÖBEL Sie schnüffeln mich wirklich aus? Das darf doch nicht wahr sein.

HARTMUT Wir haben ja nur das Wesentliche weitergegeben, und das ist ja net viel bei Ihnen.

PELZIG Uns hat halt die Geschäftsidee gefallen...

DR. GÖBEL Ich fasse es nicht. Ich kann das nicht glauben. Hören Sie, seit Jahren sind wir uns nun freundschaftlich verbunden, und wir haben manches Ihrer Bubenstücke gemeinsam ausgestanden. Nun muß ich feststellen, daß Sie mich in dieser üblen Weise enttäuschen und mein Vertrauen mißbrauchen. Ich bin menschlich tief enttäuscht von Ihnen. Tief enttäuscht!

HARTMUT Sie hätten halt von uns auch nix erwarten sollen. Das war schon auch a weng Ihr Fehler.

DR. GÖBEL Aber Sie können doch private Dinge über mich nicht einfach weitergeben.

HARTMUT Das ist doch auch ein Service, Göbel, ein Service...

DR. GÖBEL So ein Unsinn.

HARTMUT Hören Sie mal: Wie Sie damals Ihren Genitalpilz net losbekommen haben...

DR. GÖBEL Das haben Sie gemedet?

HARTMUT Ja, aber hallo. Das ist doch auch ein Service, wenn der Apotheker schon Bescheid weiß, noch bevor sie beim Arzt waren.

PELZIG Es bleibt ja auch geheim. Das wird schon diskret gehalten alles. Da gilt schon so eine Art Datenschutz.

DR. GÖBEL Von wegen. Und ich wunderte mich noch. Nahezu wildfremde Menschen wünschten mir auf der Straße unentwegt »Gute Besserung«, ach das ist so gräßlich peinlich.

PELZIG Sowas ist doch auch nett von den Leuten.

HARTMUT Anteilnahme. Reine Anteilnahme!

DR. GÖBEL Na, jetzt wird mir klar, was sich hier zuträgt seit geraumer Zeit. Vertreter für Wintergärten, täglich bis zu fünf Herren an der Wohnungstüre. Diskrete Hautcremepröbchen im Postkasten und neuerdings immer noch diese gräßlichen Zeugen Jehovas. Das habe ich gewiß alles Ihnen zu verdanken.

PELZIG Moment, für die Zeugen Jehovas können wir nix. Die kommen von ganz allein. Oder hast du das was gemeldet?

HARTMUT Nee, nur so a weng was angedeutet.

DR. GÖBEL Was haben Sie angedeutet?

HARTMUT Naja, daß Sie wegen der allgemeinen Entwicklung grad so a weng a Glaubenskrise haben, so rein schöpfertechnisch.

DR. GÖBEL Also ich möchte jetzt sofort wissen,

welche Indiskretionen Sie noch begangen haben!

HARTMUT Net viel.

PELZIG Fast gar nix. Daß Sie vier Wochen Urlaub machen wollten. Das haben wir gemeldet. Das ist doch auch in Ordnung, man hat Sie doch prima informiert!

HARTMUT Und es war ja auch ein schöner Urlaub. In Litauen. Den Urlaub haben Sie im Grund uns zu verdanken.

DR. GÖBEL Das ist doch allerhand. In der Zeit meiner urlaubsbedingten Abwesenheit ist man in mein Haus eingebrochen!

PELZIG Ja, ich weiß. Das System hat noch Schwächen.

HARTMUT Aber den Einbruch haben wir auch sofort gemeldet.

DR. GÖBEL Ja, das denke ich mir. Jetzt habe ich auch noch Versicherungsvertreter am Halse. Versicherungsvertreter, Wintergartenvertreter, Zeugen Jehovas – was glauben Sie denn? Täglich sitzen sieben bis acht Herren in unserem Wohnzimmer!

HARTMUT Da ist ja zur Zeit ganz schön was los bei Ihnen.

DR. GÖBEL Das kann man wohl sagen. Der Haussegen hängt tüchtig schief, meine Frau Irmel ist außer sich.

HARTMUT Aha. Das ist ja interessant. Pelzig schreib auf: Ehekrise!

DR. GÖBEL Unterstehen Sie sich, dies zu melden! Zudem: Meine Ehekrise ist für Industrie und Handel nun wirklich nicht von Interesse.

HARTMUT Sagen Sie das net. Wenn Sie Ihrer Frau eine scheuern, brauchen Sie vielleicht bald Schallschutzfenster.

DR. GÖBEL Sie sind ein so primitiver Mensch. Ich bin wirklich tief enttäuscht von Ihnen. Das sind Stasi-Methoden, was Sie hier betreiben. Übelste Stasi-Methoden …

PELZIG Moment, Moment! Stasimethoden lass ich mir jetzt nicht vorhalten. Da hat jetzt mal der Spaß ein Loch. Stasimethoden ist was anderes, was ganz was anderes. Und deshalb ist die DDR ja auch pleite gegangen. Die DDR war ja im Grund auch eine Informationsgesellschaft. Es waren halt die Falschen informiert. Dieser Honecker, der rote Kastrat, der hat ja alles gewußt. Und trotzdem keine Ahnung gehabt. Wissen statt Denken – so ein Depp! Was hätte ein regierender Markt bei uns mit den Informationen der Stasi alles anfangen können? Weil was der Markt bei uns über uns weiß, da war die Stasi vergleichsweise ahnungslos.

Der Markt weiß alles

Zum Beispiel weiß der Markt, der Saabfahrer ist a weng a Individualist. Das ist er gar nicht, das hat ihm die Werbung eingeredet, und jetzt glaubt er's selber. Als Individualist ist der Saabfahrer aber optimal ansprechbar für zum Beispiel ein ganz teures Designerregal. Die Wahrscheinlichkeit, daß sich der Saabfahrer das Designerregal kauft, ist also hoch. Die Wahrscheinlichkeit, daß der Saabfahrer Kinder hat, ist niedriger, weil Kinder ja auf dem Designerregal immer so Tapsen machen täten. Also ist doch der kinderlose Saabfahrer als Single vom Markt ganz anders ansprechbar für, sagen wir mal, überteuerte Tiefkühlsingleportiönli oder irgendeine scheiße geschnittene Dreizimmerwohnung als, sagen wir mal, der Mercedesfahrer. Weil der Mercedesfahrer, das hat man untersucht, der ist mehr so a weng wie alle. Der Mercedesfahrer ist im Schnitt genau 54 Jahre alt, hat im Schnitt eine halbe Glatze, hat eine Frau und zwei Kinder und fährt meistens in den Süden. Das weiß der Markt. Der Markt weiß auch, der Individualist fährt lieber in den Norden. Nach Schweden oder neuerdings auch nach Litauen. Jetzt weiß der Markt aber aus der Versicherungsforschung: Die Wahrscheinlichkeit, daß in Litauen ein Mercedes gestohlen wird, ist viel höher als bei einem Saab. Das ist ja auch logisch, weil der

Benz ist das bessere Auto. Also ist die Wahrscheinlichkeit, daß der Saabfahrer nach Litauen fährt extrem hoch, im Grund muß er irgendwann mal dahin. Jetzt gibt's aber in Litauen, das ist untersucht und bewiesen, da gibt's zum Beispiel auch viel mehr so Genitalpilz. Und jetzt kann der Markt natürlich sofort Rückschlüsse ziehen und erkennen: Wer sich öfters kratzt, hat höchstwahrscheinlich auch ein Designerregal. Oder ein anderer Rückschluß: Die Wahrscheinlichkeit, daß sich der Saabfahrer als erster eine Freisprechanlage kauft, ist ebenfalls extrem hoch, weil der hat ja viel öfters keine Hand mehr frei. Vielleicht ist alles gar kein Zufall im Leben, vielleicht ist alles Fügung. Das hat schon unser Pfarrer Nüsslein immer gesagt. Aber vielleicht ist zwar alles Fügung, allerdings nicht vom Schöpfer, sondern vom Markt. Daß der Markt alles klarmacht. Du kaufst dir irgendwann ein Snickers, und plötzlich ist der Rest deines Lebens festgelegt. Ich frag mich das oft in meinem eigenen verpfuschten Leben: Was weiß man, was gekommen wär? Hätt ich mir damals nicht dieses Cord-Hütli gekauft, wär ich heut vielleicht Korrespondent in Südamerika und müßt nicht jeden zweiten Abend auf der Bühne den Affen machen.

Wir tun was!

PELZIG Niemand tut was für die Welt. Auch ihr zwei, Hartmut, Herr Dr. Göbel, ihr zwei hängt auch immer nur rum, aber etwas Gescheites macht ihr nicht.

DR. GÖBEL Das stimmt doch gar nicht. Ich erinnere nur einmal an mein indisches Patenkind, den kleinen Radjiif.

PELZIG Ein Patenkind in Indien, ja schon, aber was bringt denn das?

HARTMUT Was weß man. Vielleicht wird ja mal ein Computer-Inder daraus. Dann wär die Kohle doch gut angelegt. Man müßte ihn im Grund gleich verpflicht, den kleinen Racker.

DR. GÖBEL Ein kluger Gedanke, aber das geht ja nun nicht mehr. Wir mußten die Patenschaft leider beenden.

PELZIG Ist es gestorben, das Kind?

DR. GÖBEL Nein nein, noch nicht. Ursache ist unser geplanter neuer Wintergarten. Der Bau wird doch sehr kostspielig. Da konnten wir uns ein Kind in derartig schlechtem Zustand nicht länger leisten. Aber bis dahin hat es Spaß gemacht. Und das ist doch das wichtigste.

PELZIG So was bringt aber dann auch nix für die Welt. Oder für den Frieden. Oder für den Weltfrieden. Eine Friedenstat – das tät ich gern mal tun!

HARTMUT Hab ich schon längst getätigt, so eine Friedenstat!

PELZIG Du?

DR. GÖBEL Sie?

HARTMUT Mit der Reservistenkameradschaft haben wir in Böhmen in der alten Heimat vom Günna eine alte verfallene Muttergotteskapelle wieder aufgebaut. 2000 Arbeitsstunden netto ohne Anfahrt. Eigenleistung. Für Frieden und Versöhnung. Weil der Tschech, die faule Sau, hat ja nix getan da drunt!

PELZIG Nee, das ist doch auch nix so eine Kapelle. Außerdem will ich keine Ziegelstein schleppen, sondern hier am Ort, wo ich leb …

HARTMUT Dann geh doch zum Bund Naturschutz, Fröschli schlepp!

DR. GÖBEL Eben. Tragen Sie doch Frösche! Das kostet nichts und macht viel Freude. Oder wie wäre es mit einem Ehrenamt?

HARTMUT Eben. Ein Ehrenamt. Ich zum Beispiel hab ein Ehrenamt. Ich bin Schöffe am Amtsgericht.

PELZIG Du?

DR. GÖBEL Sie? Um Gottes willen!

HARTMUT Optimal sowas. Dein Chef muß dir

dafür freigeb, und du kannst derweil Leute verknack. Macht Spaß.

PELZIG Nee, ich will doch was für Menschen tun und nicht gegen sie.

DR. GÖBEL Gehen Sie doch einmal zur Ortsgruppe von Amnesty International. Da können Sie für die Menschenrechte kämpfen. In der Weinstube Schnabel. Jeden Montag. Das kostet nichts und macht viel Freude.

PELZIG Aber das ist doch auch alles nur Gerede, ich will was tun. Und nicht nur reden.

DR. GÖBEL Man muß durchaus nicht immer nur reden. Ich zum Beispiel singe oft in der Evangelischen Erlöserkirche.

HARTMUT Oder die Gondelbahn!

DR. GÖBEL Eben. Denken Sie nur an die Gondelbahn!

HARTMUT Genau, Gondelbahn.

DR. GÖBEL Unsere schöne Gondelbahn!

PELZIG Ja was »Gondelbahn«?

HARTMUT »Rettet die Gondelbahn!« Das ist so eine neue Bürgerinitiative. Die Gondelbahn wollens doch abschaff, weil's net mehr rentabel ist.

DR. GÖBEL Eben. Retten Sie doch einfach die Gondelbahn...

PELZIG Das ist doch auch a weng a Krampf.

DR. GÖBEL ... oder auch die Yanomani-Indianer am Amazonas, oder überhaupt: Ausländer. Gerade jetzt. Da kann jeder von uns ein Zeichen setzen. Ich zum Beispiel lächle jetzt jeden Tag einen Moslem an. Das kostet nichts und macht viel Freude!

HARTMUT Oder im Tierheim, um Köter kümmern!

DR. GÖBEL Apropos: Vergessen Sie unsere Senioren nicht. Alte bettlägrige Menschen besuchen, im Pflegeheim. Das kostet nichts. Macht aber auch keine Freude.

HARTMUT Wieso net? Nimmst ein paar alte Leut, ein paar Ausländer, ein paar Indianer, ein paar Moslems, ein paar Frösche und noch ein paar Hünd, nimmst alle mit rein in die Gondelbahn, fährst zehnmal rauf und runter – am End schlägst gleich ein Haufen Ding mit einem, äh, Ding!

Fast Food heißt schnelles Essen.
Es ist schnell gekocht,
schnell gegessen, und
man möchte es auch
schnell wieder loswerden.

Über die Liebe

Ich hab schon so oft über die Liebe nachgedacht. Nachdenken müssen, weil auch bei der Liebe hab ich oft gestört.

Dabei ist Liebe sowas Schönes. Liebe macht uns zum Menschen. So eine Fliege zum Beispiel kann net lieben. Die kann net lieben, die kann net denken, die kann net reden. Das kann nur der Mensch. Reden, Denken, Lieben. Allerdings soll der Mensch die drei Sachen schön auseinanderhalten.

Oder anders ausgedrückt, der Mensch soll bei beim Liebemachen nie sagen, was er denkt. Genau deswegen hab ich ja immer gestört bei der Liebe. Weil ich dann net nur der Leidenschaft freien Lauf gelassen hab, sondern auch meinen Gedanken, und dann hab ich halt der guten Frau schon mal ins Ohr neigewispert: Wie gut, daß du ke Fliege bist!

Aber ich hab doch recht. A Fliege sagt nix, denkt nix, liebt nix. Die Fliege fliegt. Fliege ist ein Vielflieger. Dauernd unterwegs. Immer auf Achse, ohne jede Bindung, und sie beschwert sich nie. Das wär nix für mich. Weil ich will schon auch noch reden. Und ich will net nur reden, sondern auch handeln. Und ich will net nur wissen, sondern auch denken. Und ich will nicht nur denken, sondern auch verstehen. Und ich will net nur verstehen, sondern auch verstanden werden. Und ich will nicht nur lieben, sondern auch geliebt werden. Das ist eigentlich schon alles, was wichtig ist im Leben, daß man jemand hat, wo einen a weng lieb hat. Mehr braucht man net. Natürlich, ein Zuhause braucht man noch, eine Wohnung. Eine Wohnung, und jemand wo einen so a weng lieb hat. Aber mehr braucht man wirklich nicht.

Vielleicht besser ein Häusle, keine Wohnung. Ein eigenes Häusle mit einem Gärtle – und jemand, wo einen a weng lieb hat. Das war's dann aber schon, weil mehr braucht man wirklich net!

Vielleicht noch einen Carport. Vielleicht besser zwei Carport, man weiß ja nie. Aber wichtig in dem Sinn ist es net. Wichtig sind andere Sachen. Obwohl drei Carport wären schon optimal.

Schadensersatz

PELZIG Ja, Herr Dr. Göbel. Sie tragen Trauer! Wer ist denn gestorben?

DR. GÖBEL Denken Sie nur, mein Schwippschwager Werner hat sich von einem Hochhaus gestürzt.

PELZIG O je, mein Beileid. Welcher Stock?

DR. GÖBEL Naja nun, was ist das für eine Frage … Ich glaube vierter Stock.

PELZIG Das geht ja.

HARTMUT Das geht ja. Ein Hochhaus in dem Sinn war's ja dann gar net.

PELZIG Haben Sie ihn gemocht, den Schwager?

DR. GÖBEL In unserer Familie mag man keine Menschen, man schätzt sie!

HARTMUT Ja schon, aber a Hochhaus war des für mich net. Da hams schon a weng übertrieben, Meister!

DR. GÖBEL Begreifen Sie nicht? Werner ist für immer von uns gegangen.

HARTMUT Ich denk, er ist gesprungen?

PELZIG Sie, Herr Dr. Göbel, sagen Sie mal: War da wenigstens ein Schild gestanden? Am Hochhaus droben?

DR. GÖBEL Was für ein Schild denn?

PELZIG Naja ein Schild, wo drauf stand, daß

vom Hochhaus-Springen die Gesundheit gefährdet?

DR. GÖBEL Ach, was ist das wieder für eine unsinnige Idee.

PELZIG Das ist gar net unsinnig. Weil wenn da kein Schild stand, dann könnten Sie die Hausverwaltung eventuell verklagen auf Schadensersatz. In Amerika bekämen Sie jetzt Millionen, aber auch die deutschen Gerichte sind da inzwischen durchaus offen. Also ein paar Euro ...

HARTMUT A paar Euro ...

PELZIG Ein paar Euro sind schon drin. Vielleicht 40000 ...

HARTMUT Ja, 40000, des wär genau die Stützmauer in Ihrem Garten hinten, wo der Hang rutscht, da könnten Sie dann endlich mal ...

DR. GÖBEL Ich bitte Sie. Ich will mich doch am Tode meines Schwippschwagers nicht bereichern!

PELZIG Schon, aber 40000 Euro ...

HARTMUT ... da ist man ja noch net reich!

DR. GÖBEL Ich habe wahrlich andere Sorgen. Mich plagen große Schuldgefühle. Hätte man es verhindern können? Es geht hier ja auch um ein moralisches Problem.

HARTMUT Aber vergessen Sie das finanzielle Problem net, Göbel. Die paar Euro kann man doch mitnehm! Die stehen Ihnen zu.

DR. GÖBEL Nun lassen Sie mich doch in meiner Trauer!

PELZIG Wir hams ja nur gut gemeint.

HARTMUT Eben.

PELZIG Ein paar Euro …

DR. GÖBEL Bitte sind Sie jetzt endlich still!

HARTMUT Aber eines schwör ich dir: Wenn der Hang eines Tages rutscht, Göbel, dann langt ein Sprung nicht mehr. Dann wird's richtig teuer. Da können Sie dann Ihre ganze Familie in den vierten Stock naufschick.

DR. GÖBEL Sie sollen endlich schweigen. Belästigen Sie mich nicht in meiner Trauer um einen lieben Menschen.

Lange Pause

DR. GÖBEL Wieviel meinten Sie?

HARTMUT 40 000 Euro auf die Kralle.

PELZIG Minus Anwalt.

HARTMUT Und eine kleine Provision für den Tip wär schon auch korrekt.

DR. GÖBEL Dann reicht es ja sowieso nicht für die Mauer.

PELZIG Kann sein, ja.

HARTMUT Schad, daß er net mitn Flieger abgestürzt ist. Da gäb's richtig Asche.

PELZIG Oder ein Raucher wenn er gewesen wär …

HARTMUT … da könnten Sie anbauen.

PELZIG In Amerika – was dort diese toten Raucherfamilien jetzt kassieren! 200 Milliarden Dollar für die toten Raucherfamilien. Also die Familien leben noch, aber die Raucher sind tot. Da lohnt sich's doch schon fast, wenn man einen Raucher in der Familie hat. Vielleicht ist das unser Rentensystem der Zukunft: Zehnköpfige Familie – und einer muß rauchen. Noch besser wäre natürlich ein Raucher, der wo todkrank im Flugzeug abstürzt, weil da wär man als Angehöriger gescheit abgesichert.

Inhalt

PIPER

Bruno Jonas
Gebrauchsanweisung für Bayern

180 Seiten. Gebunden

Wo liegt Bayern? Wer lebt dort? Franken, Schwaben, Oberpfälzer, Allgäuer, Bayern, Zugereiste? Was hat es mit dem Vielvölkerstaat Bayern auf sich? Wie setzt sich das Volk der Bayern zusammen, und wer darf sich Bayer nennen? Stimmt es, daß die Lieblingsbeschäftigung der Bayern Fingerhakeln, Schuhplatteln und – Granteln ist?
Bruno Jonas, scharfzüngiger Kabarettist und Niederbayer, legt seine besondere Beziehung zum Land der Zwiebeltürme und Schweinshax'n, der glitzernden Seen und saftiggrünen Buckelwiesen, der Barockklöster und Biergärten dar – logisch, daß dabei Kultstars wie König Ludwig und die Dreifaltigkeit CSU, BMW und FCB nicht fehlen dürfen.

01/1060/01/R

PIPER ORIGINAL

Jakob Hein

Formen menschlichen Zusammenlebens

151 Seiten. 30 farbige Abbildungen.
Klappenbroschur

Jeden Tag Pistolenschüsse und Breakdance, mit komplizierten, blassen und wunderschönen Frauen im gelben Taxi ins Waldorf fahren. Das ist New York. Und genau dahin wollte Jakob Hein schon mit zwölf, als er noch mit der Taschenlampe unter der Bettdecke gelesen hat. Daran kann ihn auch die knisternde Nylonunterwäsche seiner ersten Flamme nicht hindern. Außerdem sieht er jetzt auch Phoebe jeden Tag, im Cup-cake Café in der 9ten Avenue, mit ihren langen braunen Haaren und dem wilden Kussmund. Aber die Liebesregeln im Land der unbegrenzten Möglichkeiten sind noch komplizierter als die Frauen selbst. In seinem zweiten brillanten Roman werden von Jakob Hein Formen menschlichen Zusammenlebens studiert, von New York bis San Francisco.

04/1008/01/L

PIPER

Jakob Hein

Mein erstes T-Shirt

Mit einem Vorwort von Wladimir Kaminer. 152 Seiten.
Serie Piper

Jessica Drechsler zum Beispiel: Was hat sie, das andere nicht haben? Und wie gelangt man als schmalbrüstiger Komiker trotzdem in den Besitz des Poesiealbums von Claudia Ross? Das Leben steckt voller Geheimnisse, und unser jugendlicher Held Jakob Hein macht sich daran, sie zu lüften: Er schreibt von der unbegreiflichen »Selbstverkaufsstelle« und dem unstillbaren Wunsch nach einer E-Gitarre, die er eigentlich gar nicht spielen kann. Er bietet jeder Herausforderung in seinem jungen Leben die Stirn, besäuft sich mit einem Getränk namens »Grüne Wiese« und stellt sich tapfer den zersägten Schweinehälften im Fleischkombinat Berlin.
Jakob Hein erzählt die tollsten Geschichten aus seinem Leben, ungeschminkt, schwärmerisch und gnadenlos witzig – von der mobilen ostdeutschen Wahlurne bis zu den intimen Details seiner Jugend, wie zum Beispiel dem ersten T-Shirt, das eigentlich ein Nicki war.

01/1268/01/R

PIPER

Radek Knapp

Papiertiger

5 Episoden. Ca. 144 Seiten. Gebunden

Nach seinem filigranen Roman »Herrn Kukas Empfehlungen« erzählt Radek Knapp auch in seinem neuen Buch die Geschichte eines tragikomischen, zutiefst sympathischen Helden, der auf der Suche nach seiner Berufung ist.
Aber was fängt man an, wenn man die ersten zwei Jahrzehnte seines Lebens sorglos zugebracht hat? Walerian folgt seiner Intuition, die ihm dringend vom eingeschlagenen Astronomiestudium abrät. Vielleicht sollte er schreiben? Angesichts besorgniserregender Finanzen arbeitet er einstweilen als Krankenpfleger und Weihnachtsengel, »weiß Gott, warum er sich so entschieden hatte«. Bis eines Tages das Kuvert eines Verlegers in seinem Briefkasten liegt, sein Manuskript sei großartig. Damit ändert sich Walerians Leben schlagartig: Kein Glücksritter würde die Gunst der Stunde und die schöner Bewunderinnen ausschlagen! Aber ist der Erfolg Walerians wahre Berufung? – »Papiertiger«, die Geschichte eines Optimisten, der vorübergehend zum Pessimisten wird.

01/1258/01/L

Radek Knapp
Herrn Kukas Empfehlungen

Roman. 251 Seiten. Serie Piper

Ein Reisebus wie ein umgestürzter Kühlschrank, voll mit Wodka und Krakauer Würsten – und mittendrin Waldemar, der sich auf Empfehlung seines Nachbarn Herrn Kuka auf den Weg nach Wien gemacht hat. Was den angehenden Frauenhelden im goldenen Westen erwartet, erzählt der Aspekte-Literaturpreisträger Radek Knapp in seinem Romandebüt so vergnüglich, daß man das Buch nicht aus der Hand legt, ehe man das letzte Abenteuer mit Waldemar bestanden hat.

»Mit hintergründigem Humor erzählt Knapp von erotischen und kapitalistischen Versuchungen, läßt seinen Helden von ›regelmäßigem Steinzeitsex‹ delirieren und in böse Fallen tappen – und zimmert aus den Verwirrungen des Zauberlehrlings Waldemar eines der unterhaltsamsten und durchtriebensten Bücher der Saison.« *(Der Spiegel)*

01/1270/01/R

PIPER

Otto Schenk (Hg.)

Sachen zum Lachen

Ein Lesebuch. 224 Seiten. Serie Piper

Erst als Vortragsprogramm, danach als Video-Kassette, schließlich als Buch: Otto Schenks »Sachen zum Lachen« wurden in jeder Form zu einem riesigen Publikumserfolg. Das liegt (neben dem grandiosen Vortrag natürlich) vor allem auch an der Qualität der ausgewählten Texte, die ausnahmslos zu den Meisterwerken der humoristischen Literatur, selbstverständlich speziell der wienerischen, gehören. Peter Altenberg und Alfred Polgar, Roda Roda, Egon Friedell, Robert Neumann und der große Karl Kraus vertreten diese Spielart der »Sachen zum Lachen«. Aber Goethe und Schiller, die großen Klassiker, sind ebenso präsent wie die Spötter Heinrich Heine, Wilhelm Busch und Kurt Tucholsky.

»Wem dieses Buch nicht mindestens ein Schmunzeln entlockt, bei dem ist Hopfen und Malz verloren.«
Münchner Merkur

01/1271/01/L